刘原 著

与尘世相爱

北京联合出版公司

图书在版编目（CIP）数据

与尘世相爱 / 刘原著 . -- 北京：北京联合出版公司 , 2023.9

ISBN 978-7-5596-7063-2

Ⅰ.①与… Ⅱ.①刘… Ⅲ.①散文集－中国－当代 Ⅳ.① I267

中国国家版本馆 CIP 数据核字 (2023) 第 117856 号

与尘世相爱
刘原　著

出 品 人：赵红仕
选 题 策 划：厦门外图凌零图书策划有限公司
特 约 编 辑：徐蕙蕙　邱培娟
责 任 编 辑：高霁月
封 面 设 计：孟　迪
内 文 排 版：宋汝冰

北京联合出版公司出版
（北京市西城区德外大街 83 号楼 9 层 100088）
北京联合天畅文化传播公司发行
武汉市盛宏源印务有限公司　新华书店经销
字数 109 千字　787 毫米 ×1092 毫米　1/32　6.25 印张
2023 年 9 月第 1 版　2023 年 9 月第 1 次印刷
ISBN 978-7-5596-7063-2
定价：56.00 元

版权所有，侵权必究
未经书面许可，不得以任何方式转载、复制、翻印本书部分或全部内容。
本书若有质量问题，请与本公司图书销售中心联系调换。电话：（010）64258472-800

刘 原

70年代生人,生于广西,现居长沙。著名专栏作家、前媒体人,曾在国内数十家报刊开设专栏多年,文字风格戏谑苍凉,拥趸众多。著有"流亡三部曲"《丧家犬也有乡愁》《领先处男半目》《丢下宝钏走西凉》。

[自序]

当时只道是寻常

仿佛只听过几记沉闷的春雷，望过几朵出走的流云，一段时光便过去了。

上一次出书，是在2011，在10年代的兔年。我迎来了三次诞生。

那个夏夜，我在报馆值夜班，给一张刚诞生的报纸签版，下班后继续在电脑前回复一家杭州杂志的采访，那时我刚出版了《流亡三部曲》。当时还唤作幼齿的婆娘来电话，问我何时下班，我说忙完便回。片刻，电话又来，我很不耐烦地说干吗，幼齿说肚子疼得厉害，我骇得头发都竖了起来，赶紧驾车狂奔回家。

流氓兔呱呱落地。从此幼齿在我的文章中变为兔妈。而我，一边继续在电脑前写作，一边娴熟地给娃换尿布喂牛奶，并且在锅碗瓢盆中成了一个准专业厨子。

再次出书，已经是20年代的兔年，流氓兔已经进入青春期，即将小升初，而弟弟流氓猴也已6岁，马上就要上小学了。

十二年的时光，轻飘飘地流远。

我很难描述这段光阴。倘若时间是一面巨大的镜子，当我凝视镜中的自己，望见的不仅是白发与颓唐，还有锥心的悲凉和丧乱。其实，我经历的最绝望的世事，从未出现在我的文字里，那只能独自吞咽，在长夜里独自失眠。

但我亦是有过欢愉和欣喜的。有一天，当年三部曲的编辑徐蕙蕙跟我说，不如出本书，记录一下这些年间看过的云、行过的桥、做过的菜、历经过的生离死别？

我遂允了。于是，12年后，她又编起了我的书稿。

你们都曾见过狂狷浪荡的我，说黄段子如拾草芥的我，那么，且看一看面容慈悲、在暮光里寂静一笑的刘原，被时光之锤重击之下，变成了什么容颜。

早年，我对口腹之欲并无追求，反正地王之巅旋转餐厅的海鲜盛宴也吃过，杨箕村的潲水油快餐也吃过，不止一次尝过国宴厨师的手艺，也没觉得比苍蝇馆子好多少。我属于饿过的一代，口舌没那么刁钻。但当爹之后，我花费了许多时间研究各种菜系，有些菜肴甚至用十多种配料进行搭配试验，无他，只为孩子能吃得满脸油花。

所以，这本书收录了一些关于美食的文字。

我对游山玩水更无兴趣，年轻时当记者，约等于公费旅游，我却只执着于深夜码字换稿费，到哪里都没心思去玩。但有了娃之后，我的玩心却重了，流氓兔两岁之前，我已带他游历过小半个中国。其实我依旧不爱玩，只想带娃儿看看这片山河。我的童年没见过世面，17岁上大学时才第一次出省，自己缺过的，遗憾过的，希望别在下一代身上重复。我更在意的，是带这俩客家人的后裔，去见识辽远，见识美好，让他们将来择水而居，莫在乎贞洁坊一般的乡愁，心安之处即故乡。

所以，书里也收录了一些关于行走的文章。

当然，本书亦有关于生离死别的文章。此生爱过的人，终将在茫茫人世中远去，不回头，也不再相见，甚至湮没于所有的梦境里。

所有的痛哭，在长夜里都是孤独的。

所有的月光，在暗夜里都是清冷的。

时常想起纳兰性德那句诗：当时只道是寻常。

每每想起，心头便被剜一刀。童年时岸边枝头的虎头蜻蜓，少年时绿皮火车的浪迹天涯，青年时孤黄灯下的伏案耕作，当时都觉得是再平常不过的人生。如今回头望去，它们或许都是寻常的。但是——

已永不再来。

疫情这三年，沉痛过的人，啼哭过的人，都会有这样的伤逝。

可是，我们都来过，见过繁花与落英，喧嚣与寂寥，狂欢与跌坐。那么，写下它，记住它。即便假装遗忘也背过身去抹一下眼角，它亦算是我们今生的孽缘了。

好好活着，去看朝露和斜阳，珍惜每一个眼前的瞬间。因为，当我们望见孩子的啼哭、潮汐的起落、花草的枯荣，那一霎，我们都处于余生最年轻的时分。

让我们继续与尘世相爱。与美好相爱。与自己相爱。

刘原

2023年4月17日于暮春长沙

目 录

说城

暮春到湘西学赶尸	002
闻香识城市	005
面朝南京,想一束秦淮的百年灯影	007
每个睡在长沙的人,都没空在长夜痛哭	010
海上花,曾经照亮我们的岁月	030
行走人间,我们都是低眉不语的肉身佛	037
每个方向盘上,都拴着一根不甘寂寞的舌头	045
两头叫驴窜福建	048
中国最美的大学绝不是厦大	060
丧家犬停止乡愁	064
心安之处皆书房	072

谈吃		
	男人油腻，是因为他们穿着围裙	077
	挑战完这些暗黑食物，我发现这辈子都不会出轨了	089
	舌苔间的风月	103
	蟹蟹有你	106
	我只剩这根舌头，是广西产的	112

念人		
	穿过廊桥，我们开始在尘世相爱	120
	和自己下的那枚蛋不能分离	124
	有外婆，才有澎湖湾	128
	陈晓卿，那个曾想替我掏嫖资的人	132
	四海携娃对夕阳	138
	穿过我的白发的你的手	141
	辛丑年里，我流完了一生的眼泪	154
	从此游向山河尽头	170

说城

此刻江河入夜，山岚过耳，时光谋杀了所有悲欢，我们亦不过是尾随大兴和尚与仁义师太履痕的、扶老携幼蹒跚于阳间的蝼蚁。我们眼眶枯涸，无忧无喜，假装自己也是一尊被命运偶线牵扯的、木然行走的肉身佛。

暮春到湘西学赶尸

湘西是在我记忆银行里储存久远的一个梦乡。同事吆喝我去湘西出差时，沈从文、钻山豹、念念有词的道公都从暌违多年的墙缝中飘移出来，厮打成一团。我一脸梦幻地说："那里的妹子，据说很水灵哟。"同事阴森森地说："是的，而且还会放蛊。"我眼前又飘出一堆蜈蚣和蝎子，厮打成一团，顿时灵台清明，无欲无求。

一路向西，渐入秘境。沿沅水而过，烟岚自山腰间虚渺升起，大片的油菜花在转世前争先恐后地怒放，这正是血肉横飞的年月里，西南联大的南迁路线，而某年在水边独钓一江雪的张学良，再也不会回来，在他乡做了野鬼。

湘西的月亮比别的地方是要圆。我们晃荡在吉首的乾州古城，老旧的月光洒在死寂的胡家塘上，枯荷纹丝不动，只有披头散发的女子独坐石桥上，临水发怔，也不知她想对谁家的粗人下蛊。而吾辈亦有不惧蛊毒之人，有同道在护城河遇到了两名俏丽的山地女子，当即攀谈合影，互留微信，然后气喘吁吁步履匆忙地赶回队伍。边城的星夜缄默不语，一群白衣飘飘的同事各怀心事，哑口无言地飘移在酣睡的老巷，而那"艳遇哥"走在队列后面，庄严地摇着手里的手机，仿佛法师正摇着清亮的摄魂铃，驱赶着这班已经没有欢颜的游子肉归故里。

说起赶尸，确是悲凉入骨的传说。四年前，我头次来湖南，在张家界的宝峰湖下看赶尸戏，想起自己此生飘零，故乡之树早被伐断，忽然便把头深深地埋在了膝盖间。前些天，听同事聊起现今的墓地产权是20年为限，若不及时续费便会刨坟，挫骨扬灰，我感叹天地之大，竟难有葬身之地——谁能保证子孙后代每隔20年就会来准时续费？从这个意义上，旧时的湘西人倒好些，他们终究还能回乡，终究还能睡得安稳。

于是又想起沈从文。他少小离家，孤魂野鬼般游荡四海，终究摆脱不了客死异乡的命。在北京的寓所死去，而故乡的法师再未出现，他只能烧成一抔灰，装在一个茶杯大的盒子里，回到沱江的岸边，左半身眠睡在土里，右半身放进江水喂鱼。

沈从文的乡党、吴宓的情敌、民国首任总理熊希龄，也没能逃脱客死异乡的命。他死在香港，港人的粤语又焉能驾驭湘西的老麻雀，因为没有赶尸师傅，他也回不了家。

今夜，我在哑了的边城，一地的星光正待睡去，我仿佛逆子回到故乡，仿佛浪子漠然剃度。十个翠翠在暮春之夜复活，手持招魂之铃款款地笑着，而星空与树丛之间，是静静冷笑的山河。而耳畔游来多年前沈从文探访赶尸巫师之后的感慨："为了一种流行多年的荒唐传说，充满了好奇心来拜访一个熟透人生的人，问他死了的人用什么方法赶上路，在他饱经世故的眼中，你和疯子的行径有多少不同？"

闻香识城市

最近周游列省，在三潭印月醉卧如柳永，在趵突泉边遥想西门庆，但最心戚的还是青岛的海上明月。每日推窗望海，一切的时光便滞留下来，恍惚得如同白痴，竟觉得浮云和沙鸥都是自己前世的情人。

我最钟爱的城市，都在海岸线边上，渤海的大连，黄海的青岛，东海的厦门，于我眼中都是俏丽少妇。不逢黄海已有四年，所以一到青岛便直取海滨，在触手可及的暮色潮汐里谋醉。

每一座城市都有自己的体味。杭州的体味来自西湖，南京的体味来自紫金山，厦门的体味来自鼓浪屿，而青岛的体味，来自崂山。青岛是一座让人无端心生欢喜的城市。贪看海上清风，贪吃清爽海货，贪窥满城美女。崂山边有45°俯瞰海平线的石蟾，传说曾在天宫偷窥嫦娥洗澡，被罚下凡间服刑万年，但至今期满仍盘踞不走，何故？只因浴场上美女更多，敝蟾又何苦舍近求远。

兄弟们听闻传说，都抓起泳裤鸟兽散去做蟾蜍了，我不敢下海，因为据说有鲨鱼。贫道平生吃过不少鱼翅捞饭，怕那些幸存的鲨鱼找我复仇。

闲居海边，人就懒得忧国忧民了。海风可以埋葬一切过往的忧伤。

每回见了海，便欢喜地想自己并不是过客，而是归人。海面有海市蜃楼，有归帆和渔火，有沉睡的前生。所以，我竟想做一名崂山上的道士，翻起白眼给香客算卦，或者表演穿墙术，都是很随喜的事。算卦总比算计好，穿墙总比翻墙好，远眺云天总比远眺房价好。偶见心仪的道姑，我还可以幽幽地说："师太，三生万物，我们亦可生点什么，今夜月光如水，浪涛无眠，你与其在庵里的青灯草床辗转千次，不若借贫道肥厚的肩膀，痛哭一晚。"

面朝南京，
想一束秦淮的百年灯影

　　每逢菊黄蟹肥，我的食指总会朝着金陵方向痉挛。我对大闸蟹的思念，是一汪决堤的涎，顺长江流域而下，从曾国藩投江的靖港流向洪秀全定都的天京；我的涎如潮水，把阳澄湖固城湖高邮湖的全体母蟹紧紧包围。初夏时节，虽则菊未黄蟹未肥，我却也想去叹一叹民国的月光，巡视一下母蟹的发育状况。

　　深夜，俯冲下禄口机场，以 45°俯瞰蟹群，它们挥舞着螯列队欢迎，就像挥舞着纱巾的大妈。

雕栏玉砌应犹在，似是故人来。京都来的程益中，魏寒枫，老六，连同故都地主老克，开始围炉煮酒。说起人世苍凉，无梁殿里的那些魂灵都从碑石后探出头来，悲悯地望着后世的我们。叶兆言说："南京总是在亡国，总是在屠城，所以南京人学会了醉生梦死。我们怀揣现世之凄凉，从北平和楚地向金陵集结，就是图一次醉生梦死。"

紫金山的野鸡早早就在窗外叫。披衣出门，草木葳蕤，亭台慵懒，山雾升腾，果然是许世友的旧居。朋友说许大将军昔年策马狩猎，枪法如神，把紫金山的鸟都打光了，众鸟只好星夜逃亡移民安徽，苏皖边界处的许多鸟类至今仍操南京口音。

吾友魏寒枫，其曾外祖父、外祖父均效力过南京国民政府，曾外祖父是中央陆军军官学校的教官主任，外祖父是装甲兵学校的少将处长，但小魏竟是此生头次踏进南京，算是访祖之旅。拍遍碑石，只怕也有他先人教诲过的抗战将士，但他终究满脸空茫。我只去看谭延闿墓庐，我身居长沙，算是半个湖南人，又焉能不望一眼湖湘骸骨。

一地的民国风月。我们沿路游荡，过昔日中央银行，想起此处埋过多少金条，过中山码头渡江，想起奉安大典时的国葬，及至到了荒芜的浦口车站，想起朱自清父亲怀里的一兜橘子，更觉乱世苍凉。

金陵多血腥，亦多旖旎。宴毕，被东道主带去李香君故居，魏寒枫在香君罗帐边怔了半晌，一转身去了江苏台《非诚勿扰》的演播厅。

而我在金陵的月光下，未遇艳姬，只遇到了一群老兄弟。他们都曾改变过我的生涯，我自蛮荒之地去广州，再去京城，我的溃逃和死守，背后都有他们的推波助澜。在未知的劫波里，我们只能相望天涯，以游兵散勇的方式，以孤臣孽子的表情，向生活突围，我们只能在精神上彼此取暖，但在肉身上已难以联袂。于是，我提前作别金陵之后，魏寒枫想起我前夜聊的无数关乎魂灵的鬼故事，瑟缩被窝，虚汗涔涔，听着夜莺索命般的悲啼，一夜忧伤到天明。

每个睡在长沙的人，
都没空在长夜痛哭

  这个漫长的夏天，我独自带着俩娃儿，在北回归线附近看了许多的云，走了许多的桥，仿佛温习了这半生的旧课。南宁邕江上的桥，我驾车来回经过了几十次；外婆家蒙山的湄江长寿桥，我也牵着娃儿走了许多次，边走边跟他们讲述我的童年；唯独故乡钟山的富江桥，我只经过一次。

  八月下旬从蒙山回长沙那天，我在选择导航路线，流氓兔凑过来，说他想从钟山经过。我心一软，想起他们小哥俩今生再回这座小城的机会实在是微乎其微，那就在高速上神游一次。

喀斯特地貌照例是美的。故乡假寐在正午的阳光里。

流氓兔在后座上不停拍照，我慢悠悠地开车打量那片山河，忽然发现自己全无乡愁。此处没有亲人了，也没有家了，它只是个与记忆有关的地理名词。

只一泡尿工夫，故乡已经远去。我一轰油门，径直朝正北而去，朝长沙而去。

那里有我的家。那里才是娃儿们的故乡。

01

第一次到长沙城，我已35岁。

之前北漂时，我总是在午夜经过长沙。它与我毫无瓜葛，只是列车的一个停靠点而已。有时我会睡眼惺忪地望着车站附近的霓虹，想起一个叫龚晓跃的旧人，他大概在这座城的某个地方上夜班签版吧，就像许多年前在广州一样。

龚晓跃，芒果台（湖南电视台），以及《体坛周报》，便是我关于长沙的所有印象。T5特快硬卧上的我，预想不到后来会因龚晓跃而入湘，把下半生托付给臭豆腐和口味蛇。

十二年前的初秋，龚晓跃驾车到长沙站接我，他说："我从不接客，但你来，我一定会接你。"那时我正遇见人生最大的槛，心境亦苍茫，刚见识过不少世间凉薄，自知这份情义的价值。

话说龚晓跃确实是暖男，暖得几乎烫手。那年我家的糟糠幼齿还没来长沙，我独自租住在青园路，那个冬天冷得要命，我时常不到12点就钻进被窝冬眠，刚入梦乡龚晓跃的电话就来了，唤我去夜宵，或是去唱K。于是我哆哆嗦嗦在刺骨的午夜穿衣起床，打着伞走过凄清的冬雨，和他们去号罗大佑。

我心知龚晓跃是体恤我，怕一个背井离乡的老男人初到长沙，无亲无故心生凄凉，所以总唤我喝酒。其实我宅惯了，枕着风雨声入睡比笙歌烤串更爽。

最后我带着哭腔鸣谢龚晓跃："我真的不孤独，一点都不孤独，多谢你的盛情，但是从晚宴到唱K到夜宵再到洗脚，这么高强度的声色犬马，我实在受不了啊。"

02

既然来到了陌生之城，那就研究一下它。我每到一座城市，都喜欢研究当地人的秉性。

长沙人爱读书。街边曾见一摊贩，面前铺着一堆小工艺品，他却眼皮都不抬，兀自捧着一本《曾国藩传》看。受其激励，我后来开会都在胳肢窝夹着一本《金瓶梅》。

长沙人爱打麻将。几乎每个小区都有棋牌室，夜夜传来哗啦啦的推牌声，似是一幢楼房被强拆。同事屡屡拉我入伙鏖战，我总推脱说不会，其实原因是他们总要带点彩，我不忍拂他们兴头，只好装文盲。其实我牌技和手气都不错，倘若真的开戒，他们只怕要输得穿着裤头回家。

长沙人爱点炮。因为浏阳花炮独步天下，这里的人一开心就放炮，一不开心也放炮。红事放，白事也放。夜晚放，白日也放。好些年里，橘洲焰火是每周末都放，全是奥运级别的盛宴水准，每逢周六，几十万人就站在湘江边一起仰望星空，好像同时流鼻血的样子。

不过湘人之骁勇，我倒没在长沙见到。大概爱打架的湖南人都去异乡混了，此地之人还挺文明，我客居长沙十余年，只见过一次殴斗——小区里俩老头下棋，大概是因悔棋之故，一老头颤巍巍拎起塑料凳砸对方脑壳，好像要玉石俱焚的样子，但手足无力，搬起凳子却险些砸了自己的脚。

03

我是驾照到手的三天之后，来了长沙。此前从未驾车上路，所以，长沙成了我的练车场，边学开车边学认路，有时走岔路，便靠边停下，拿出地图辨识路线——那时导航尚未普及，这也好，我很快就记住了长沙的大部分路。

那时车马慢，时光也慢。新项目尚未动工，领导嘱我先熟悉这座城。我奉命晃荡，去岳麓山看抗战时薛岳的山洞指挥所，去一师看毛主席冬天洗澡那口井，甚至去靖港，看曾国藩跳水处。

长沙遂从一座冰冷的陌生之城，渐渐立体起来，血肉丰满起来。有时车过定王台，我会想起何顿的《我们像葵花》和《黄泥街》，黄泥街曾是全国四大书市之一，熙熙攘攘，是书商和文化人的淘金之地。有时车过湘江路，我会想起路边这清寂的山岗，葬着一个叫张枣的诗人，他早已躺平，不动声色地望着江面清风，望着千秋明月。然后慢慢地，黠在心底那首诗就浮了起来：

望着窗外／只要想起一生中后悔的事／梅花便落满了南山

有次驾车打江边过，我和外地朋友说张枣就长眠在路边这山岭，在后排烂醉如泥、鼾声震天的野夫突然直挺挺坐起，魂飞魄散地望着那暮光中的岭，薄雾里的树。他早年当过出没黄泥街的外地书商，更早的早年，他和张枣在四川同屋厮混过许久，每天喝酒谈诗，天明时，酒瓶像一地散落的梅花。

长沙是一把钝刀，慢慢割着我们的记忆，供岁月下酒。

04

长沙是一座有味的城市。所以，汪涵多年前的一本书就叫《有味》。

街角有臭豆腐和小龙虾的味道，解放西和化龙池有醉生梦死的气息，湘江边可以遥想杜甫乘舟北去的况味，而江边的天马山，隐约飘荡着金元宝的气味，据盗墓贼们传谣，说那里埋着2亿两金子。

这里的人也有味。

30年前，我在大学图书馆里看到一篇小说《达哥》，这简直是裸奔式写作，起手就是"既然春天到了，我决定还是去屙屎"，各种屎尿屁和斗殴泡妞，这风格把人雷得外焦里嫩，我看傻了，爱不释手。后来才知道，这是中国当代文学史里非常独特和著名的小说，作者徐晓鹤是长沙人，后来漂洋过海化名赵无眠。《达哥》里边全是长沙俚语。

何顿的小说也尽是长沙方言。何立伟同为长沙人，他的文章没那么多本地俚语，但还是有浓郁的湘味。

长沙味是很难概括的。你说它洋吧，这里毕竟不是一线城市,欧风美雨也没刮到这里来。你说它土吧,这里的妹陀和堂客打扮起来比北上广的996女白领时髦精致得多,就算满嘴槟榔的黢黑汉子,也会突然与你聊起天下大势。我曾供职的《潇湘晨报》,在鼎盛时期,国际新闻版面特别多,我很纳闷,后来同事们告诉我,湖南人心忧天下,就爱瞎操心。

长沙味其实代表着湖南味。大街上走的,也没几个祖籍善化府。每一个省会,集萃的都是这个省的况味。饱读诗书与乡土野肆,就这么奇妙地结合在了一起。何顿的小说名概括得很精准——湖南骡子。

这是近现代史非常奇特的一个族群。我觉得我沾染上了他们的许多优点和毛病,比如无辣不欢,比如做事拼命,又比如,我在长沙开车觉得自己特别内敛特别遵纪守法,但只要跑到外省的地界上,就突然发现自己开车挺蛮的。终究是湘A的车牌。

05

长沙有许多啼笑皆非的故事。前几天听说,有个男的债台高筑,不想活了,于是出价十万雇杀手来刺杀自己,钱款付出后,他忽然觉得生命如此美好,人间值得活下去,要死也得生完三胎再死,于是反悔了。但杀手很职业,不反悔,特别有使命必达的光荣感，天天磨菜刀。这个苦×的甲方只好再掏十万元，央求杀手刀枪入库马放南山，给自己留下项上人头。

许多年前，城中还出了个所谓的"超级情圣"，同时与几十个姑娘谈恋爱，因为一场车祸才穿帮。有天我下班回家，车载电台正在采访其中一个女事主，她在愤怒控诉男主，其中的反转和槽点令人喷饭。我都把车开到楼下了，愣是舍不得回家，坐在车上听了10分钟的八卦。

湘江边的解放西、文和友，每天都在上演红尘男女的爱恋情仇。听朋友说过一个经典的场景：文和友的女保洁和男保安，苦于熙熙攘攘的食客像无数个电灯泡占据了每个角落，于是跑到悬空的缆车上谈爱，以为神不知鬼不觉。孰料所有食客和同事都在仰着头望着他们深情相拥，就像《大话西游》结尾周星驰和朱茵在城墙上激吻，墙下无数看客激烈鼓掌。他们爽，天下便爽。

我的朋友中也有不少情圣。一位朋友堪称女生的贴身军大衣，每次泡吧有美女提前离席，他必打车相送，护花之心天地可鉴。但绯闻那是绝对没有的，因为每次送到楼下，美女都会回眸盈盈一笑，莺声道："不用再送了，你回去吧，他们还等着你喝酒呢。"

当然，酒圣更多。老友Q哥，坊间传说曾是长沙首富，据说几十年前城里只有两辆奥迪时,一辆停在领导大院,另一辆便停在他家车库。前年与他同赴九华山,他早餐喝粥时忽然烦躁,问:"有白酒不?"东道主愕然,说:"早餐也喝酒,怕对身体不好吧?"他将眼瞪得跟张飞似的,像老顽童般愤愤道:"你不舍得上酒,你是小气包。"那身家百亿的地主只好苦笑着上白酒。十年前Q哥还约我自驾横跨罗布泊过除夕,我想起彭加木就魂飞魄散,一口拒绝,他还在不停怂恿我:"去咯,在那里可以放肆喝酒放肆开车,而且罗布泊这种沙漠没有交警查酒驾的。"

有人贪杯中物,便有人贪池中物。好友H君不仅好酒,还酷爱钓鱼,有次某朋友于乡村设农家宴,H君在池塘边钓鱼,未遂,没鱼上钩,他老羞成怒,丧心病狂地直接朝塘里撒网。前些天他在新居里筑起了微型水库,专门养鱼,如此,当风雨飘摇或局势紧张时,他就可以在家垂钓了。

长沙是个好玩的城市,因为城中有许多好玩的怪物。

06

对外地人而言,长沙是个友好而宜居的城市。当然,对于不能吃辣的人,长沙非常之不友好。有次忌辣的广西亲戚来,我在馆子里点菜,完全蒙了,因为几乎找不出不辣的菜。

这里的房价超级便宜，常年位于国内省会城市的垫底位置。某年我看到一个独栋别墅，大片绿地如私家后院，旁边就是名牌国际学校，竟然只需 100 多万，这在北上深只够买两个厕所的面积。

这里的美女超级多。所谓的回头率是不存在的，因为千娇百媚的妹子太多，审美疲劳了，扭多了脖子容易受伤。长沙的漂亮妹子太不稀缺了，所以她们亲和平易，浑似不知自身之美，不会把自己弄得像骄傲的孔雀。

当然质疑的人也有。流氓兔的外婆有次就疑惑地说："你们老说长沙美女多，为什么我都没见过？"兔妈答："你只去小区菜市买菜，见到的全是大妈，美女只出没在解放西、五一路商圈，以及文和友这些网红店，她们十指不沾阳春水，哪会在菜市场提着一副猪大肠和你劈头相遇。"

这里的美景自然也是多的。岳麓山的晚枫，橘子洲的江风，靖港的青石古巷，巴溪洲的赛雪芦苇，都载在朝北的船帆里，奔流而去。至于杜甫江阁、贾谊故居、辛追遗骸、岳麓几百辛亥忠骨，那全是湘江里的时光倒影。

前些天中秋夜，带娃儿到附近公园的山顶，流氓兔扛着天文望远镜看月亮，流氓猴举着圆圆的月亮灯满地跑，我仰头望那千秋明月，想起这流离半生，风尘仆仆，唯有在长沙这 10 多年，找到了小小的安稳年月。

07

长沙最大的遗憾，是有千年之史，却无一间百年之房。1938年五天五夜的文夕大火，烧毁了九成以上的房屋。长沙也成了二战中与斯大林格勒（今伏尔加格勒）等城市一样在战争中被损毁最严重的城市。

城中残存的最老的建筑，大概是文庙坪的那座烟熏火燎的牌坊。

每一座历史建筑必定是人民造的。

长沙人的怀旧无处安放，于是便疯狂地建出了一台时光穿梭机：文和友。一个网红点，复制着长沙旧时容颜，把几十年前的街巷店肆全都刻录到湘江边的一座现代写字楼里。

或许辣椒会刺激多巴胺，长沙人一疯起来谁都挡不住。为了吃一口劲道的辣椒炒肉，长沙人会从南洞庭湖畔搞来三百元一斤的樟树港辣椒，然后在宁乡培育一群天天高台跳水锻炼肌肉的花猪（这不是玩笑，我值报馆夜班时签发过图片）。为了看更远的万山红遍层林尽染，长沙人还准备建造一座世界第一的"天空之城"，那是要超越迪拜塔的，我当年叮嘱摄影记者："你隔几天就去拍一下，记录一下全球第一楼的奠基与生长。"半年后，摄影记者汇报："照片是定时拍的，不过高楼地址迄今还是一片菜地，你要不要欣赏一下油菜花？"

这就是长沙式的速度与激情。不管如何，长沙人狂野，有想象力，喜欢从斜刺里杀出，让你目瞪口呆，他们若不搞出点惊世骇俗的东西，骨头就会发痒。

芒果台颠覆了国人对娱乐的认知，解放西颠覆了国人对酒吧的认知，文和友茶颜悦色颠覆了国人对美食的认知，甚至，贺龙体育场颠覆了国人对中国足球的认知——见谁输谁的国足只要把主场放在长沙，便跟吃了大力丸似的。

话说近年来最红的文和友，也是长沙城里大力丸一般的神迹。几年前野夫来长沙，有朋友订了包厢，知我们重口味，特意定的是几十年前的发廊风格。包厢里有1987年的泳装挂历，还有一张行军床，我们都贼兮兮地笑。后来好友老克伉俪来长沙，我们坐的包厢又是另一个风格，这是还原一个20世纪70年代末长沙单身汉宿舍的场景，老式收音机，热水壶，劳模奖状，简朴而寂寥。老克一见，激动得走来走去，说："我们大内斗省当年的老房子，也是这样的摆设呵。"

长沙人还是喜欢怀旧的。但所有的追忆似水年华，都得找到一个寄宿之地。文夕大火烧尽了之前的记忆，那么，1938之后的记忆，可以慢慢重建起来。童年时青石板巷口那些臭豆腐、糖油粑粑的气息，都可以在斑驳的招牌下，渐次复活，唤醒最深的乡愁。

貌似所有的湖南人都喜欢怀旧。我第一次来长沙时，未来的上峰请我去吃的，就是乡里土菜，那是一家郊外的农家乐，露天木桌，辣椒炒肉香干腊肉剁椒鱼头，我一咯噔，心说这是包工头招聘农民工的架势嘛。

后来才知道，在长沙，级别再高的头儿，也都对湘式土菜情有独钟，不爱吃星级宾馆。这种乡土情怀，湖南话谓之乡里鳖。洞庭湖甲鱼多，所以此地爱称人为某某鳖，譬如原叔，本应被称为原鳖，但华发丛生，一般都被呼为原嗲，亦即原爷之意。而长沙妹子一旦称你为嗲嗲，基本上就是给你的花花肠子做了个环切手术——我都是你的孙女辈了，你还是扶着墙慢慢坐下吧。

08

网上有一个评价，说长沙是中国美食重镇。我严重同意，同时认为它也是美女重镇，这是天下饿鬼和色鬼都眷恋的地方。

正如每个成功的男人背后都站着一个默默付出的女人，每个美食重镇的背后都是广袤丰富的食材原野。我去逛黄兴故居时会顺手薅几把香椿回去炒蛋，在湘江岸边会掐几抓白花菜煮蛋汤，盛夏时去田汉小镇钓小龙虾，深秋到湘阴鹤龙湖生擒母蟹。长沙有大江大湖,鱼虾水产不缺,也有原野丘陵,葳蕤万物,该有的全有。

长沙人的命根是辣椒,这是勾连食物与舌胃之间的唯一联络官。花螺固然是干锅辣汤,连鲍鱼海参都是爆辣的,与岭南的做法迥异。但你也别以为长沙人不会做别的菜,我尝过一位长沙朋友下厨做的桂菜啤酒鸭,相当赞,另一位朋友钟爱贵州牛瘪汤,每次烹制出来都发视频给我看。烹调兹事,水无定型,湘人最擅创新,怎么好吃怎么做,譬如文和友就敢搞榴梿龙虾,而他们去深圳开分店,我心想岭南人才不会跟你吃辣椒,没想到他们的主打菜系又变成了生蚝,据说他们最近还在准备进军南京做鸭血粉丝汤和盐水鸭。不过,所有人都不知道的一个掌故是:传统的正宗湘菜,都不是辣的。甚至,传统川菜也不是辣的。这都是近代美食史的基因突变。

长沙城里本有一道珍馐,叫口味蛇,那真是灵与肉的交战,你会感觉自己就是空腹出征的法海,在舌尖与白娘子和小青斗法。可惜现在已经禁止吃蛇了,白娘子袅娜远去,不让你"米兔"半分。

所以硕果仅存的是口味虾。长江流域湖泊水塘多,最宜放养小龙虾。我屠戮小龙虾是专业级别,徒手洗刷,去尾,加姜蒜朝天椒油盐爆炒,再加花椒腐乳八角孜然紫苏白糖料酒十三香文火焖,最后上蚝油鸡精收汁,撒葱撒芹菜,秒杀市面上九成以上小龙虾，流氓兔每次都吃得魂飞魄散。

偶尔流氓兔也会心生悲悯，他曾问我："这小龙虾被我们吃了，它妈妈找不到它会不会伤心呀？"我说不会，它爸它妈还有三姑六姨全在这锅里，大团圆。

平心而论，小龙虾自身的肉质，在虾界中未必占上风。那么，当我们在吃小龙虾时，吃的是什么？

是人生寂寥，是深夜怅惘。

那些在油锅中殉道的壮士，高高举着通红的铁钳，仿佛要向天再借五百年。它那壮志未酬的样子，让你瞬间想起三十功名尘与土。此刻夜凉如水，明月如钩，被生活折磨得毫无脾气的你默默拿起小龙虾，想起它身为一只虾，注定了死后才红，忽然就通了它的悲欢。

09

小龙虾一定不是发源于长沙，但长沙却成了吃虾圣地。

这座城市似乎有一种天生的制造网红的能力。譬如中国第一家酒吧肯定不会诞生于长沙，但许多年里，这里的夜场却全国闻名，当年许多北京人一到周末就打个飞机来长沙泡吧。为什么芒果台的许多牛×主持人控场能力特别强、风格特别新颖活泼？因为他们当年都有在夜场主持的经验。

解放西曾有一家标志性的夜场"魅力四射",老板志姐是个奇人,扎俩羊角辫,比年轻人还能熬夜,每晚带着五大洲的佳丽一路喝过去。十年前我的《流亡三部曲》签售时就是在魅力四射,那夜红旗招展、人山人海……哦不对,是乐曲喧天、美女如云,兔妈那时都临产了,怕我和美女读者的合影距离拿捏得不好,一直挺着大肚子在旁边督军。出书后在夜场签售,这种神操作只能出现在原叔身上,出现在长沙的解放西,而如今魅力四射随风而逝,再也不会有那般盛景。

洗脚应该也不是长沙人发明的,但长沙却荣升脚都。龚晓跃形容道:"每当夜幕降临,一半长沙人就开始给另一半长沙人洗脚。"

文化方面,芒果台自不必说,湖南体育局旗下的《体坛周报》、湖南出版集团旗下的《潇湘晨报》,也都是新闻史里绕不过的存在。长沙人,或者说湖南人,天生自带锥子属性,不管做哪个行业,都爱做拔尖的那个。

如今的长沙,依然当着网红城市。只不过主角换成了文和友、茶颜悦色。

茶颜悦色的每一家店面,都排着长队。文和友的队伍更长,幸亏他们的翻台率达到了10,否则你饿晕了都等不到那盘小龙虾。

这两家的共同点是排号吓死人。在深圳开店时,茶颜悦色要抢号，文和友的排号居然达到了5万。前年有位旅美好友归国，就住长沙文和友边上，头天去叫了个号，8000多，第二天又去排了个号，2万多。

今年五一，长沙忽然红得尿血，平素普通的连锁酒店订个房，都要上千元。市政府群发短信呼吁市民少出门，把空间留给外地的游客。

长沙为什么能红？岳麓山上埋着半部中国近代史，芒果台书写了当代娱乐史，文和友、茶颜悦色则进了美食史。一座城市，很难说清究竟是它成就了各种符号，还是这些符号组成了这座城。只能说，什么样的土壤怒放着什么样的花，你因岳麓山橘子洲解放西文和友而来，它们便构成了长沙版的《富春山居图》。这样的山河自有这般的晨钟暮鼓，这般的醉生梦死，这般恍如隔世的袅袅炊烟。

这座城亦有忧伤，但却不像南京那般背负着前世的血泪、那般天生悲怆，它的喧嚣和寂静，都能化作一滴雨流入湘江。这里的人忙着谋生，忙着石破天惊，忙着灯红酒绿，没空在深夜里痛哭。

10

隐居长沙10多年，时常有读者要求我写写这个城市，我一直不愿写，怕得罪本埠人民被严刑拷打，此地老虎凳未必有，辣椒水倒俯拾皆是。后来发现长沙以及湖南，对批评的包容度还是很大的。

2006年，有外省网民在红网发帖《湖南人，你的血性被狗吃了》，本地的《潇湘晨报》不单没乱拳群殴，还为此发起了一场全民大讨论，这场讨论轰动全国。不遮丑不避短，湘人有这气度。

我仔细琢磨过，沪穗这些城市开放包容，是缘于开埠百年后的商业文明浸染，而长沙作为一个内地城市，它的包容性更多是缘于历史的自信。近现代史中湖南出过无数先贤，我游荡于湖湘大地，随处可见各种名人故居，此地出过的牛人太多，于是滋养出民间的眼界和格局。长沙人是惜才爱才的，懂得互相欣赏、惺惺相惜，不像许多内地城市，但凡你有点才华，堆出于岸，许多人就摩拳擦掌准备把你踩死。

长沙还有一点特别近似北上广：尊重个人空间。你爱泡夜店也好，爱打麻将也好，爱喝茶念佛也好，没人理你，大家各自选择钟爱的生活方式，不强迫你，就像在饭局上不劝酒一样。在长沙，大家随性得很，谁都不会因为你缺席一场酒局而心生怨怼。

这座城有胸襟，不狭隘善妒、不锱铢必较，有烟火气，比起一线城市多了些温暖和体恤。它倔强而随和，怀旧而创新,孟浪而中庸,暗合了我们这些行走在人世间的流民秉性。

总之,长沙是一座能让人畅快呼吸的城市。我虽不是长沙人,长沙却是我俩娃儿的故乡。我怀抱着他们走过四季,走过锦簇繁花和漫天大雪,希望他们能受这湖湘文化的滋养,能学会这里独有的勤奋、勇毅和格局。

十多年前,我入湘之前,一位著名作家曾担忧地告诫:"湖南人骁勇好斗,你此番前去,只怕容易被欺负。"其实并没有,长沙对我挺友善,蛮多人喜欢我,善待我,这座城市自有情义。

去年初夏,《潇湘晨报》操办了"回晨报看长沙"的活动,邀请满天星火般散落于国内的旧人们重聚。那天流氓兔听说我们要夜游湘江,一放学就跑过来要跟我坐船。没吃晚饭的他赶到文和友时,我们饭局刚毕正准备撤退,老同事们怕他饿,打包了几大盒小龙虾。

波光粼粼,江风过耳,游轮驶过橘子洲和岳麓山,驶过烟波之上的高楼灯影。流氓兔坐在船头埋头啃着口味虾,我问他:"这船如果一直往前开,会到哪里?""洞庭湖。""再往前呢?""到长江,再到武汉、南京、上海,然后出海。"

我说:"人的一生,就像这夜雾下的湘江水,沉默地远去,如果有一天你出海,到了天涯海角,不要忘了你来时的路,要记得这湘江水,记得太平街的深巷,记得你是吃辣椒长大的长沙伢子。爸爸今生已无故乡,但我希望你心底还能有念想,有一个落满月光的故乡。"

海上花,曾经照亮我们的岁月

最近,时常恍惚觉得我是个上海人。

因为我"潜水"的几个群,群友多居住上海,每天都看着他们的饮食起居,他们的喜怒哀乐。

忽然想写写上海。上海和香港,这两颗东方明珠,曾经映照过我们这一代的童年和少年。它们哺育过我们。

作为一个生于广西东北部的小城孩子,金庸小说、香港电影和粤语歌构成了我对世界的重要认知。但我没用过什么港货,那多贵,家里买不起,何况还没有香港亲戚。

但我的确是在上海货的陪伴中长大的。小时候,南下的寒流穿越五岭,故乡恰逢风口,朔风凛冽中脸蛋容易皲裂,而我最讨厌冰冷的护肤霜抹在脸上的感觉，那叫雪上加霜。所以，母亲整天追着一个四处逃窜的短腿小肥仔，摁着他抹，而母亲手里拿的，叫百雀羚，我们70后都用过，阮玲玉胡蝶周璇用过，宋美龄也用过。

童年时，我们平素吃的糖果，多是简装半透明糖纸的，但那时在婚宴上经常能看到大白兔奶糖，上海产的。这是糖果界的天花板，1972年尼克松访华时，周恩来就向他赠送了大白兔奶糖。

20世纪七八十年代，女孩们出嫁要求的四大件是单车、缝纫机、收音机和手表。当时上海产的凤凰和永久，当仁不让地成为单车界的清北（天津产的飞鸽要低几十分录取线）。我们家都拥有过，1985年我上初中时，母亲给我买了一辆永久，它伴随了我的整个中学生涯，大学毕业后我把它运到了南宁，再运到穷乡僻壤的水电站，陪我听了几年红水河的涛声，又跟我回到南宁开始新闻生涯，直到20世纪末我骑上了摩托车。

在网上辨识了很久，找到了我当年用过的那款永久。上海货确实结实耐用，我在1995年的水电站骑这辆永久单车时曾被一个醉驾的县领导司机撞飞过，单车几处都撞变形了，但修一下照样能骑。

我们家的第一台彩电，是1987年初买的上海牌电视。那年终于不用怯生生搬着板凳去邻居家看春晚了,坐在家里就能看到费翔。

我此生第一次坐轿车,是小学时,有个当官的亲戚从南宁出差回来,到我们家送点南宁亲戚捎的东西,她回去时,我新奇地坐上她乘坐的上海牌汽车,享受了几百米的路程才恋恋不舍地下来。

我们家的毛巾、被单,许多都印着上海字样。从物质供应层面上说,作为中国工业长子的上海,包揽了我的童年。但是很奇怪,它从未在我的梦境中出现。幼年的我梦中只有香港,因为邻家电视里播的全是港剧,大街小巷飘荡的全是粤语歌,当我捧着书坐在夕阳下的屋檐时,邻居家总是飘来炖鸡焖鸭的香味,绞杀着我幼小而饥饿的灵魂。他们家有香港亲戚,于是我觉得,香港才是天下最好的地方。

多年以后才明白,香港和上海,是十指相连的城市,它们的基因,它们的气质,早在民国时,就已水乳交融。所以,当黄金荣扫大街时,杜月笙举家逃往香港;当张爱玲穿旗袍开会被批评,她掉头就过了罗湖口岸,隐入了香江。

上百年来,关于上海的最家喻户晓的歌,是香港人唱出的。它叫《上海滩》。

香港演艺圈的半壁江山,来自上海。张彻、狄波拉、尔冬升、汪明荃、沈殿霞、王家卫、张曼玉、林忆莲、利智、张敏,一大串名字都是上海基因。

它们理应惺惺相惜。因为它们都是东方明珠,都是中国最早沐浴海洋文明的城市。

当我第一次来到上海,已经是2000年。那年我去采访一项全国赛事,看到了全国最大的八万人体育场,然后还在赛事志愿者中看到了一个绝美的姑娘,她的美,我迄今无法形容,总之宛若天仙,你甚至不敢直视。如今我年近半百,走过大半个中国,依然坚持认为,她是我今生见过的最美丽的活人。

上海的组织能力是极出色的,每晚都会邀请全国各地的记者去音乐厅看演出,或者坐游船游黄浦江。那年我是南宁市劳模,每晚都拼命写稿,不参加任何旅游观光,回想起来有点傻。唯一去参观过的地方,是上海别克汽车厂,他们最震撼我的一点是:在同一条生产线上,通过电脑自动控制,能够生产出不同款式的汽车。我是工业管理工程专业出来的,知道这有多难,被惊得目瞪口呆。

上海体育是国内翘楚,从早年的徐寅生、张燮林、李富荣、陈祖德、胡荣华、徐根宝、朱建华、曹燕华,到后来的姚明、刘翔、孙雯、范志毅、王励勤、吴敏霞,都是标杆级的人物。

电影更不必说,上海本是中国电影的发源地和中心,20

世纪三四十年代没在上海滩露过脸的简直不能叫影星。

自1843年开埠以来,上海一直是中国最卓越、最富饶、最靠近现代文明的城市。

谈谈我对上海这座城市的观感吧。

上海这些年来操办的无数国际峰会、世界级展会、各类体育赛事都非常成功,井井有条。这个城市细致、讲究规矩、严丝合缝,总能把这些需要争脸面的事情干得很漂亮。

20多年我去采访的那项赛事,只是全国级的,但上海人是真细心,我只要站在赛场边迟疑张望一下,马上就有志愿者上来问我需要找谁或是需要什么帮助。各种文字材料、交通食宿指引,也是极其详细。我后来去过许多城市,没一个地方能达到上海这种水准。

回想起来,为什么当年上海每晚都邀请全国各地的记者坐船游外滩、看各种歌剧各种晚会,他们是在很尽心地打造上海这个国际大都市的形象,上海人是真的爱上海。

世博会能选谷村新司这位日本国宝级歌手当形象大使,选的是最能唤起中日两国人民美好记忆的《昴》,这就是上海的品位,上海的格调。

我做体育记者的时候,除了足球,采访最多的是围棋。上海出来的国手都是谦谦君子,陈祖德给我下了指导棋后还会对我写的专访表示感谢,常昊远远看到我便会摆手招呼,笑容可掬的曹大元是教我吃今生第一只大闸蟹的人，耐心而热忱，他和我走在闹市里，碰到每个认出他的棋迷市民，都会特别谦和地打招呼。上海的围棋国手是中国围棋界最有教养的。

包括当年赞助赛事的上海商人，也是豪爽义气，绝无半点拖泥带水。

层次高的人，哪用靠翻白眼去赢得他人尊敬，他们更注重的是教养，人到了一定境界，便不会飞扬跋扈，哪怕你是个叫花子，他待你亦温润如玉。就算他心底有对你的不屑，但教养会令他丝毫不表现出来。

作为东方明珠、百年商埠，上海是有骄傲的底气的。甚至，有时候体现为狂傲。当年我带队去参加国内著名的晚报杯围棋赛，记得有个叫孙梦厦的上海少年棋手，只要执黑，他必第一手拍在天元，懂围棋的人都知道，这是狂妄上天的下法。但这不违反规则呀，他爱下哪儿是他的自由，你赢不下他就别瞎叨叨。

当我来到中年时分，忽然发现，我挺喜欢上海人的。上海人有个著名的特征是"不黏人"，啥意思？就是他们喜欢保持社交距离，不会猛拍胸脯说虚头巴脑的废话，但是遵守规则，遵守商业约定和诺言，他们自有与世界接轨的一套价值观。

曾经和几位朋友喝酒，他们都曾是几十年前的书商，说起当年的商海心得，他们总结了一条：南方人在签合同前会斤斤计较，把每个字都看得仔仔细细，再和你谈判，但履行合同时绝不拖欠，契约精神特别强，货款到得很及时。他们提到的南方，特指两地，一是广东，二就是上海。

如果各地都能像上海人这样，中国的文明程度至少能前进一百年。

上海不是长三角的上海，它是中国的上海，甚至，是世界的上海。在过往的百年里，上海是一把标尺。它凋敝时，可想象扑面而来的岁月；它兴盛时，便是我们的好时光。

行走人间，
我们都是低眉不语的肉身佛

在中国，有一条著名的胡焕庸线。

这是地理学家胡焕庸在 1935 年绘制的，北起黑河，南至腾冲。这条线东南一侧，占国土疆域的 43.8%，人口却占 94%。

我这半生，就是严格按照胡焕庸线流窜的，西北那片的所有疆域，我一个都没去过。而东南这一侧，我只有吉林安徽两省没去过，最近恰好有个去安徽晃荡的机会，我乐颠颠两次穿过长江，直扑皖南。

青阳是座清寂小城，人亦温良谦恭，不似长江上游来的我们那般一脸匪相。夜宴上的菜肴，咸淡相宜。我想起昔年老吃货陈晓卿带我去安徽驻京办吃的正宗徽菜，那简直咸得犹如盐商家里炖出的汤，莫非我遭遇了山寨徽菜？

东道主却附耳道，他特意嘱厨师少放盐，以迁就各地宾客之口味。我暗叹皖人心思细腻，比缎子还细，复又想起安徽人杰地灵，颜值担当有周瑜孙立人，财富担当有胡雪岩，闲人担当有下野后整天下围棋的段祺瑞，几乎对应了王婆口中所言"潘驴邓小闲"的极品男人所有标准。

夜间听青阳腔。

京剧本不姓京，那是乾隆年间徽班进京后下的蛋，京剧的DNA里，许多都来自青阳腔，它堪称中国戏曲的活化石。那晚的戏名忘了，反正是周瑜和小乔入洞房之前唱的戏，简称前戏。那唱腔如云雀入秋，似逝水东流，我在长江南岸听来，竟涌起了许多故旧苍茫。

青阳是水做的。夜幕垂下，长街假寐，只有薄雾如细水长流，那咿咿呀呀的青衣唱腔在夜空里忽明忽暗，仿如风雨苍黄的旧时山河。

小城多名士，心忧天下却不醉心宦海：唐代费冠卿及第进士，却从长安赶回为母亲结庐守孝三年，他拒绝唐穆宗征召，自绝于仕途，终身隐居九华山；南宋章贡，因鄙视秦桧品行低劣，悍然拒绝其封官，毕生不入秦桧帐下；元代陈岩以南宋遗民自居，忽必烈征集民间隐士时，他睥睨异族，兀自逍遥江湖，去建了九华书院。

围棋有谚曰：流水不争先。这些不识相的青阳人是野生的涧溪，流不进金銮殿，却流进了青史。

醒来，赴陵阳镇神龙谷。沿古道溯溪而上，见一旷世奇树，两根树干先是闹分裂，各自分道扬镳，走了一段弯路后又同流合污，连筋带骨地长在一起，遂组成一个圆圈，是谓"天眼树"。

我正欲像岳云鹏那样咏叹：啊，你比五环少四环。却见那树瞪着大牛眼，仿佛给我的魂魄照了个X光，不由得噤声。

复见水边的两块奇石，名曰"千年等待"，似一对情侣彼此凝望的脸庞。从前车马慢，邮件也慢，爱意可以驻扎千年，可以抵达地老天荒。如今妹子们早已等不到郎君的信笺，她们翘首苦盼的邮差，是顺丰或圆通的快递小哥。唯有国外的妹子，不必心焦地倚窗等爱，因为电影里的水管工总是来得很快，比达达的马蹄还快。

灵魂有酒气的李白，在神龙谷留下不少遗迹。他在砺剑池动武，在神龙瀑泼墨，发起酒疯时便写下"妙有分二气，灵山开九华"，硬生生把九子山改名为九华山，这股改名之风绵延千年，前不久被陕西海南诸省学了去，引来一片鼓噪。但李白把九个超生儿子改成九州中华，气度和境界顿时直上云霄，皖南人民倒也欢喜。

循瀑声渐入密林，枝叶遮蔽下不见天日，忽有落草之感，不由得想起童年时看的《乌龙山剿匪记》。前面有一长者健步如飞，犹如剧中的老土匪田大榜，正是该剧的编剧、著名作家水运宪，我们遂聊起匪帮往事。

我六根不净，最垂涎的自是压寨夫人典故，曾在湘西长期采访的水哥告诉我，大小喽啰皆可去掳压寨夫人，但自己的粮草却要分一半给夫人吃，匪帮不会另拨口粮。爬山爬得饥肠辘辘的我，寻思了半天，胃终于战胜了肾，遂打消在皖南为寇之念头。

在美女和美食之间，我永远首选后者。历经饥馑的人都知道，饱暖之前，谁有那个气力和心思呢。

陵阳古镇有个全国唯一的以粮票为主题的天下粮仓，内有 20 多万枚全国各地的粮票，我寻见了故乡广西的粮票，满心唏嘘，仿佛望见了前世。

童年时家里口粮不够，饿得嗷嗷叫的我经常靠偷吃白糖苟延残喘。直到 1991 年上大学时，我都是揣着一摞全国粮票北上的，不料大二时废除了粮油定量制度，我攥着一把还没来得及用的粮票，心疼得肝肠寸断。

水土丰饶的安徽，从前也经历过荒年。我的好友、安徽著名作家赵焰写过一篇文章，说他最恨的食物是地瓜，只因幼时吃到反胃。行走江南，在石桥流水、古村粮仓之间，想起旧时掌故，总是有隐隐胃疼。

到了滴翠峰下的翠峰寺，此处香客罕至，茶园青芜，推开寺门便见天柱峰，是群山环抱的一处世外桃源。

庙里住持盛邀我们这群流窜于大地的骚客盘桓数日，在绝美的天籁之地潜心创作，但这班无肉不欢的饕餮之徒哪断得了尘根，苦着脸望了望田垄里的黄瓜和西红柿，一个个顾左右而言他。

生肖寅虎的我，自然亦受不了这清苦，除非养鸡场或肉联厂邀我驻扎创作，那我会心无旁骛地住上一年半载，直到最后一只鸡端上餐桌。

在佛教圣地九华山惦记吃鸡，足见我毫无慧根。

戒这一字，谈何容易。我的心性已经比年轻时澹泊了许多，但最近仅仅半月不碰发瘟猪肉，双腿已经发虚。而翠峰寺之景，恰如年少时邂逅的娟秀出尘女子，一望之后再也不能释怀。首度造访两个月后，我携带妻儿，驾车在崎岖陡峭的盘山公路上，再次来到这里。

我想让他们看看这摄人心魄的景致。

这里竖着一块牌子：池州最美拍摄点。还真不是溢美之词。这般沉静的华美山峦，正是我漂泊半个中国几十年来，遇见过的最沉醉的河山。

没有香客膜拜，没有世俗袭扰，无人问津的翠峰寺反而纯粹得如同深山璞玉。兔妈进佛堂捐了点功德，一众正在诵经的僧人都停下来，起身施礼。我们去瞭望亭，一位尼姑刚关了山门，见我们来，又返身去开了门，还将刚供奉佛祖的饼干糕点递给娃儿们吃。我见过不少绞尽脑汁糊弄香客掏香火钱的假寺假僧，还是头次见到如此清净淳朴的佛门。

俯瞰古刹，兔妈忽然说，她动了出家的念头。我讪讪道："上次来我即有此心思，怕你狮吼未敢直言，既然如此心有灵犀，不如一齐遁入空门来双修？"

此时残阳西去，余晖入林，山峦的气色亦暗淡下来，如同晦暗呜咽的世道。两个娃儿不知人间疾苦，在黄昏中嬉戏追逐，我们纵有出世之心，却无奈这沉沦世间的肉身，终于还是叹口气，牵着娃儿们下了山。

两次来青阳，皆宿莲峰云海景区。头次来时，李果挂枝，我直接摘了几颗扔入口中，酸甜多汁。二次再来，我直接把车停在李树下，对俩娃儿说"我给你们摘李子去哈"。打开车门一看傻眼了，李子过了季节，全掉光了。

我虽是粗人，但礼义廉耻还是知道的，平时断然不会胡乱摘人家的果，只是仗着与景区的董事长熟识，他是儒雅热忧之人，断不会生气。

莲花峰是九华山第一峰。相传是地藏王菩萨悟道之处。山若白莲，雾气缭绕，山脚一片徽州民居，恬静得如同盛唐。

九华山的地藏菩萨，在阴间广度幽冥，在阳世广度疾苦，在绵延险峻的山脉中，近百座寺庙多与地藏菩萨有关。

其中一座庙，复制还原了地狱场景，牛头马面各种刑具一应俱全，就缺了口滚烫的油锅。我站立门口，悚然，仔细想了半天：此生有无做伤天害理之事？想了半天，没有。方敢战战兢兢踏入。

我非佛教徒，但相信因果，不敢作恶。倘若凡间众生都信劫数与报应，大概这尘世会海晏河清。

九华山真正的奇异，是它有许多的肉身佛，有据可查的就有十四尊，供奉于百岁宫、月身殿等处。当代最传奇的是大兴和尚，听九华山佛学院的黄复彩教授说，大兴和尚不拘形骸，貌似疯癫，平时在杂物房纳头便睡，仿如济公，一点都没有得道高僧的范儿，其实他心如明镜，会给人治病，能指点迷津，坐缸三年而不化，终于成了后山双溪寺里低眉悯世的一尊肉身佛。

而仁义师太，圆寂三年后，头发仍长出寸许，指甲亦长了一些。这些不可诠释的命运之手，便是禅宗了。仁义师太上过朝鲜战场当战地医生，被子弹击穿过手腕，她亦是中国佛教史的首尊比丘尼肉身。

我们都有肉身，体内每一克蛋白质都记载着莲花的开落，和世道的兴衰。能不能成佛，无关此生吃肉多寡，只关乎行走人世时的通达、义勇和慈悲。我们若能兀自欢喜，还能让他人欢喜，那便是欢喜佛。

而乱世之中，容不下一具枯瘦的肉身。秀美古朴的江南，遭过不少劫难，洪秀全定都南京时，包括青阳在内的皖南作为金陵门户，被太平军和清军轮番拉锯碾轧，兵燹加瘟疫，人口折损殆尽，彼时的肉身无非是铁蹄下的人肉叉烧包。

青阳腔便是那时开始衰微的，艺人四散逃难，战旗过处寸草不生，岂容丝竹。

那晚宿于满天星斗之下，想起忍辱负重支撑着飘摇清廷的李鸿章，想起面对一地饿殍愧疚赎罪的曾希圣，想起读着沈从文遗稿才终于理解亡夫的张兆和，这皖地的悲伤，何尝不是中国的注脚。

而此刻江河入夜，山岚过耳，时光谋杀了所有悲欢，我们亦不过是尾随大兴和尚与仁义师太履痕的，扶老携幼蹒跚于阳间的蝼蚁。我们眼眶枯涸，无忧无喜，假装自己也是一尊被命运偶线牵扯的、木然行走的肉身佛。

每个方向盘上，
都拴着一根不甘寂寞的舌头

据说有个哥们儿正在医院治牙，接到电话通知要去赶一个追悼会，他病恹恹地在医院门口打了辆的士，歪躺在后座上，司机问去哪儿，他说八宝山，司机关切地问：兄弟不换个别的医院看看吗？

北京的哥是全世界最贫嘴的，我北漂时却感受不深，想来那几年正是房价飞涨之时，他们再无闲心跟陌生人聊五洲风云，我更没闲心跟陌生人尤其是陌生男人聊吃喝拉撒，于是两个巴掌拍不响。网上关于他们的笑话，我只当是京华烟云。

前不久看到对北京的哥的吐槽，说如今的出租车服务态度不好。不过我最近在北京打车碰到的几个的哥态度都极好，绕了路都会主动把表按暂停。我在夜晚的首都机场上了车，司机听说我曾在北京漂过，很热情地一路介绍北京变化，从北四环的展春园经过时还放慢了车速，让我噙着热泪缅怀故居。在展春园附近我望见了一幢楼，logo影影绰绰的，不由得感叹说："当年我在这儿住的时候，这楼还是奥运大厦呢，一转眼变奥迪的专卖店了。"的哥悠悠地说："天晴时还是奥运大厦，雾霾太大就变奥迪了，等来了沙尘暴它就成双环牌4S店了。"

看过一篇游记，说美国的哥也饶舌，全世界的哥都饶舌。从物理学上说，估计是汽车的震动引起了声带的共振，情不自禁都话痨起来；从心理学上说，每天独自开车四处晃荡，内心有孤独，需要调剂精神；从驾驶安全来看，人说话的时候很难睡着，能维持睁眼的状态，我每回驱车千里，总要跟副驾驶座上的幼齿聊苍茫大地谁主沉浮，无奈她一谈时局便会沉睡过去，我恨恨地想，庸常夫妻，终究不如兄弟们来得推心置腹、肝胆相照。

开的士而不饶舌的，我估计只有舒马赫。6年前，他打车赶飞机，眼看时间不够，遂对司机说："您老歇会儿，我来开。"然后，司机坐在副驾驶座上目瞪口呆地看着舒马赫一路狂飙，在不可思议的路段上不停超车。事后舒马赫被报纸称为"德国速度最快的出租车司机"，我觉得还应该评一个"德国最沉默寡言的司机"，因为他开惯了F1，长年无人聊天，握着方向盘时定然是个哑巴。

道不同不相为谋。的哥本无道，乘客之道便是哥之道，所以不难亲近。但载人的未必都是这种爱搭话的脾性，至少囚车的司机很难跟乘客交流，开灵车的更不必说，你们这些去往牢狱，去往焚化炉的人，哥跟你们没有共同语言。

十多年前，我在广州要去某大学参加某项考试，因为睡过了头，焦急地叫的哥开快点，他也真配合，一脚就轰到了120公里穿梭于闹市。我在车上战战兢兢不敢跟他说一句话，下车时说："我被你吓得胆汁都喷出来了。"他憨厚地说："没什么，上次我载一个女的去捉奸，比这还快。以后你若有亲朋好友需要捉奸，记得我的电话。"

两头叫驴窜福建

这两年,我时常涌起一个古怪的念头:独自溜回福州,在那座陪伴过我青春的城市里静静地住一阵,谁都不见,就我一个人,去走那些街巷。

毕业之后,我再没逛过福州城。

2005年,毕业十年聚会时我带幼齿从广州飞福州,和同学喝得天昏地暗,根本没上街。所以,未逢福州的容颜,竟已23年。我已白头,但不知她是否亦白头。

但家有俩娃儿,哪能说走就走。已经变成兔妈猴妈的幼齿定然河东狮吼。不行,我得智取。

上个月,兔妈继续在长沙上班,我拽着俩娃儿回了南宁,整天拖着娃儿们四处逛公园。趁兔妈放松警惕，我扔下一岁半的流氓猴，拽着流氓兔上了飞往福州的航班。

这是一场说走就走的旅行，也是一场蓄谋已久的逃窜。

机翼朝着暗夜海面的星点渔火俯冲下去。这是长乐机场。我把脸贴在舷窗上，在人世间浮沉了几十年后，我又偷渡回了这座城。

民航大巴驶过国货路，我像夜行的蜘蛛滑进福州。我努力辨认那些黑黝黝的建筑，似乎还是老旧的。心底有些苍凉的欣喜，我不想看面目全非的福州，旧时的模样最好。

夜宿五一路。当年这条路是福州最繁华最宽阔的，我站在街口张望，却已觉得有些狭仄，但细数又有八车道。或是我走过无数的路，行过无数的桥，眼界变了，便不觉它宽了。

翌日早餐，流氓兔最爱吃馄饨，店铺招牌上没有，老板却说有。我怔了一下，想起福州的馄饨是叫扁漏，哦不，扁肉。

我点了锅边。二十多年没吃的东西呵。

在长沙，我曾经忽然很想吃福建的拌面，去寻小区里的沙县小吃，却发现它关门了，惆怅了许久。

拌面根本不好吃。我惦念它，只是记挂着少时的味蕾。锅边也说不上好吃，我只是来吃我的青春。

我许多年里的一个梦想，就是像少年时一样，坐着公交车在福州乱逛。20世纪90年代初，我经常坐着公车，在细雨中漫无目的地穿越街巷，那时我是个忧郁的诗人，满腔都是荷尔蒙。

这个梦想实现了。没想到20多年后，福州的公交车票价跟我毕业时一样，还是1元。这太厚道了，让我都于心不忍。

我携兔少直奔左海公园。

20世纪90年代前期，它还是个新建的公园。当年有个同县老乡小宋在福州空军当炊事班长，我时常找他叙旧，主要是因为他有一手好厨艺，空军的伙食也好，叙旧完毕后能抚慰我那油水寡淡的穷胃。1994年，他复员前夕，我们一起来逛过左海公园，当时草木稀疏，还是个半吊子工程。

我毕业后，流窜在中国大地。小宋曾到我留下的故乡住址找我，但我父母已迁居南宁，他问询门卫后怅然而去，没留下任何联系方式。我们今生就此失联。

望见左海，便望见了上个世纪的老友。

公园里有省博物馆。流氓兔看得津津有味，拿着我的手机不停拍照。

流氓兔历来对文物并无兴趣，经常瞄一眼就跑，如此兴趣浓厚实属罕见。我纳闷间，忽然想起长辈对我说的一句话，是关于流氓兔前世今生的，不由得心头一震。

左海公园毗邻的便是西湖公园。我18岁生日时，独自翘课，来到西湖公园的老虎笼子边，拍了张照片，因为我属虎。如今动物们都成了拆迁户，去了市郊。

我和流氓兔荡舟西湖。正午的波光摄人心魄，我想起了扬州的瘦西湖，想起了18岁那年，瘦得跟猴子一样的自己。

我拖着流氓兔在烈日下朝福州大学方向晃荡。在福大附近的凤凰池，我停下来拍照。一个路过的妹子好奇地问我："你在拍什么？是树上有松鼠吗？"我喃喃地说："我在拍凤凰剧院，年轻时，我在这里看过好多电影。"

我牵着流氓兔的手，来到了福大北门。忽然眼睛一酸。

1995年的盛夏，刚毕业的21岁的我背着沉重的行囊，在夕阳里万念俱灰地冷冷望了它一眼，然后头也不回上了5路公交车，奔向它把我分配的偏远水电站。如今，我心里已无怨怼，唯剩苍茫。

这个校区已经变成福大直属的二本学院，福大本部已经迁往旗山。亦即是说，它并不是我记忆中的福大本尊了。

渡尽劫波，我只是一个早生华发的，回来怀旧的，90年代的一个蝼蚁而已。在岁月的灰烬中，彼此握手言和。

经过一个当年时常打饭的食堂。我想起一个长得极像李媛媛的小姐姐。她当年就在这个食堂当炊事员，眉黛如画，似笑非笑，这么说吧，她若是像莎郎·斯通一般拿出冰凿想戳死你，你定然愿意引刀一快少年头。在她的窗口，永远挤满长队。

只是小姐姐有个缺点：她打菜时，手里的大勺总是在抖，她就笑吟吟地望着你，新笋般的玉手跟帕金森似的，把满勺的肉抖去大半，然后温柔地象征性地撒在你的饭盒里。于是，你的精神上饱了，肚子却是饿的。

溜进暑假无人值守的西区八号楼。站在当年宿舍外的阳台上，静静地望了一会对面的西九，那是当年的女生宿舍楼，福大最俊的女生都住里边。

当年对面楼的婀娜倩影子，如今都成了阿姨。长廊里只有一地的空寂阳光。今生若能重逢，且让我们一起去跳广场舞。

宿舍不远处，是一片临江豪宅。这里本是我们的教学楼，及系办公楼。2005年我们回来时还在，后来不知把地皮卖给了哪个地产商。然后，我打过四年呼噜的教学楼没了。

当年，我时常翻过教学楼后的围墙，墙外是闽江边一片荒凉的野树林，我横卧草丛，看小说，喝着榕城或雪津啤酒，随身听放着蔡国权的《最后的一班轮渡》。此时夕阳的光芒在江面上碎尸万段，拂面的芦苇柔软得像情人的手，而达达的轮船，在落日下病恹恹地驶过。

那般的江景，已经和90年代一起永远死去了。它只潜伏在我的脑回路里，如琥珀一般。

回到运动场。当年我们跑步跑得像狗一样的地方。突然特别想在高温烈日下去跑个 1500 米，长跑数年的我有这个体力，但别人会不会当我是神经病？罢了。

跟着我满地窜的流氓兔喊累，他不明白我逛这些枯燥的地方有何意义。他一屁股坐下，他的背后，是图书馆，我大学四年最感念的地方。

我在教室里学的东西，已经全部还给了老师。事实上，这个说法不太准确，因为很多知识老师根本没送达我手上，原叔年少时是个睡神。

但这个图书馆却决定了我的人生之路。我几乎阅读了它里边所有的经典文学书籍，如果图书馆还有历史档案，我一定是借阅文学书籍最多的学生之一。拜它所赐，我成了一个码字佬。

当年福大的最高建筑，叫科学楼。我至今没搞懂它是干什么的，内藏什么大杀器。只晓得福大的校园风光明信片里有它。

忽然满心茫然。

当我毕业十年时重返福大，每有热泪盈眶之感，无数坎坷和流离都涌了起来。如今我毕业 23 年了，再来此处，心境却极淡然，毫无波澜。我知道，是我老了。

就像一根手指，刚被切去时，你会在三五年里都恍恍觉得它还在那里，还是你肉身的一部分。而过了二十年，你会清晰地知道，它已经远去，永不再回。你会平静地接受这个宿命。

我唯一的唏嘘，是在臭水沟边的店铺前，指着一家店告诉流氓兔，当年我在食堂被鱼骨卡喉，跑到这店问老板借了一碗醋咽下。而此时此刻，隔壁店铺飘出一首老歌，竟是王杰的《一场游戏一场梦》。我突然心酸不已。

我的归来，毫无意义。况且，这个校园已经变成另外一个大学，真正的福大，在旗山校区了。

今后，我不想再来这里了。你，以及我的青春，就此别过。

好在此行并非为福大而来，而是为福州而来。

入夜，带流氓兔逛三坊七巷。此处的东街口，是昔年的福州市中心。我 20 岁生日时，来这里点了人生第一份牛排。

经过郎官巷。90 年代的我，一直以为这是旧时的烟花巷，明清的发廊妹倚着巷口娇声喊官人，所以才叫郎官巷。如今才知道，北宋居此的刘涛子孙皆为郎官，故得巷名。巷子里还有严复故居。真是失敬。人不可貌相，巷不可貌名。请原谅我这个工科生，当年我在北京时逛八大胡同，还以为那是八大山人的故居。

三坊七巷旁的杨桥路，容颜未变。谢谢那些旧楼，你们一直立在这里，你们见过林则徐和林徽因，亦见过少时的我。你们是时光尽头的邮筒。

一觉醒来，爬鼓山。做过四年福州人，竟然没爬过鼓山。1992年元旦，我们宿舍集体游玩鼓山，我正在被窝里做春梦，不屑跟他们冶游。

此前，离开南宁前夜，我正在做福州攻略，忽然看到微信圈朋友、著名电视人陈晓夏的夫人小暖在福州仓山家中辞世的消息。她患癌症数年，陈晓夏的朋友圈里经常发他们相濡以沫的照片，两人携手拼死抵抗病魔，苍凉而温暖。他们照片里的远山，应该就是鼓山。我不确定。但，是不是鼓山并不重要，重要的是他们在艰辛和苦痛中，留下了劫数里的欢颜。

那夜我在南宁望见这照片，忽然眼睛就湿了。晓夏是情深义重的男人。希望他今世安好，希望他的妻西天安乐。我真没想到与福州重逢之前，会遭遇如此悲凉的一个福州故事。所以，爬鼓山时，有些忧伤。

在缆车上，我远眺福州城，有点恍惚。

想起了今世。

我其实受福建影响挺深的。闽地山多田少，此处之人勤劳坚韧，许多人在美国饭馆里打黑工，寄钱回来给家里建别墅，给弟妹读书。不少校友，都是靠家人艰辛打工寄回的钱，完成学业。

多年来，我流窜于中国大地，独行野路，在每一个能够扎根的地方顽强生存，这都是跟福建人学来的。

我的先祖、南宋将领刘开七，是由闽入粤的，所以福建是异乡，亦是故乡。

鼓山上偶遇暴雨。在雨后的山崖上，偶见民国石刻。流氓兔扑去石刻边拍了一张照。这天恰好是他的七岁生日。我抱着汗涔涔的他亲了一口，他陪我走了千山万水，我祝福他有美好的未来。我老了，无所谓了，唯愿他有辽阔，有自由。

多年以后，我和福州依偎了三夜。和23年前一样，在福州站离别。

17岁的我来到这里，21岁的我离开这里。如今44岁的我离开这里。都是在最炎热的夏季。

福州站已经重建了。我再也看不到当年的售票大厅了，再也看不到17岁时瘦骨嶙峋的我了。我只能看到的，是当年的绿皮火车。以及，当年伫立的站台。

在赴武夷山的高铁上，流氓兔想拉下车窗的窗帘，被我阻止了。我说："爸爸一别福州是十年，再别福州是十三年，不知下次什么时候再见，你让爸爸再看她几眼。"

福州是温润的，她是我第一次出省的终点站，是我居住的第一个城市。

我是福州下的蛋。

福州人乃至福建人，凶神恶煞的极少，看起来都温良恭俭让，其实内心很野性。美国华人帮派中最猛的便是福建帮。那天在早餐店里看到一个黑衣后生，左青龙右白虎的文身，轻声细语地跟老板说请来碗拌面，我看着默然一笑。

我年少时像大叫驴，嗓门大，要么热情似火要么剑拔弩张，性情像北方人。如今越活越像福州人了：待人礼貌而保持距离，从不邀人去家里做客，更不与人勾肩搭背做热泪盈眶状，彼此保持合适的距离和空间。这是最好的生存分寸。

拉着流氓兔窜向武夷山。在福建上大学时，我竟然没去过厦门和武夷山，主要是穷。如今，大叫驴带着小叫驴出来浪，其实是想补偿一下少年时的缺憾。

跋涉了几个小时的险峻山道，来到天游峰顶，我们跟远在南宁的流氓猴视频，让小小叫驴也看一下美景。

爬武夷山是极其艰苦的。我们每天在山里连续攀爬六七个小时，我有多年长跑的底子，走平路多远都不累，饶是如此都精疲力竭，磨出了水泡。而刚满七岁的流氓兔，竟然全程撑了下来，好几次他累得趴在了陡峭的石阶上，我背着沉重的大包，根本无力拖他，他休息片刻便跟上。

这娃儿变小男子汉了。他的耐力和意志，比7岁时的我强好多倍。

路遇暴雨，流氓兔在湿滑的山道上摔伤，膝盖流血，仍坚持要走完从大红袍到水帘洞的几公里山路。

看着他一瘸一拐的幼小背影，我很唏嘘。

他6月期考之前，我与他有个盟约：若是期考双百，带他去游长城。结果他语文100数学99，我说："老爸说话算数，北京是肯定不去了，但我可以带你去福建。"

带他入闽，除了我自己的心结，还有一个隐秘的原因：长辈曾说，流氓兔是从福建某地投胎而来的。而长辈说的那个地点，正是我此生第一次望见大海的地方。

我是半神论者，将信将疑，且当这是个美好的暗语吧。

但头次来福建的流氓兔，极爱此地，而且一路劳顿中，爆发出极大的坚韧能量。我一路狐疑，他或与闽地真的有缘。

从武夷山返回长沙那个傍晚，流氓兔在高铁站眺望着远山，说他舍不得武夷山，舍不得福建。

其实，福建亦是我前生之缘。

暗夜的火车上，疲乏的流氓兔趴着我的肩膀睡着了。我无声望着窗外，这段由闽去赣的铁轨，正是27年前我第一次来福州时经过的铁轨。

1991年的夏天，我在鹰潭转车南下福州，在这段铁轨上，在凌晨三点的绿皮火车过道上，17岁的我沉沉睡去。

在窗外的灯火中，我仿佛与少年的自己擦肩而过，与那些背井离乡的凉薄年月擦肩而过。而身畔酷似我少时神态的流氓兔在呓语中翻了个身,似是刚经历了黑夜里最长的一场梦。

中国最美的大学绝不是厦大

话说作为福大的毕业生,写下这个标题时连自己都感到深深的恶毒,以及浓浓的硫酸味。

其实我一直很仰慕厦大。上大学时我身边那些福建的家伙全都是没考上厦大才跟我混一起的。毕业十年后我才头次进了厦大,是很漂亮,尤其从南普陀俯瞰下来。

多年来我一直认定厦大是中国最美的大学,直到一个月前,我头次去了大理。某天外出溜达,误入樱花深处,哎哟,吓得我瘫软在地。

这地方叫大理大学,建在苍山之上,面朝大海(那海叫洱海),春暖花开,漫山遍野都是樱花。武大的樱花跟这比起来真叫小巫。

这确实是个美得让人腿软的地方。若与厦大比较，大理大学胜在自然风光，你有海天一色，我有苍山洱海。论人文亦毫不逊色，你有陈嘉庚，我有段王爷。

我在大学里的运动场跑了两次，平素跑五千米的我在这里只能跑一千米，高原反应厉害。钻树林谈恋爱的同学请自备氧气罐。

此间风景，秒杀全中国的大学。25年前的我若是考上了这里，肯定不会去泡图书馆，每天晚上只顾拉着女同学去钻樱花林。这哪是读书的地方，就像一个美女坐在旁边架锅炖肉，你让老衲如何敲木鱼？

今夜，洱海月映苍山雪，下关风吹上关花。

以前我总感觉大理应该是个和丽江差不多的地方。

丽江是个什么地方？8年前我去过，酒吧喧闹，我正揣着一肚子的道德在酒吧门口仰望星空，有妈咪凑过来问"大哥，走个婚不？"。如今时代进步了，接头暗语没准是"大哥，开个光不？"。

大理完全不一样。古城里静谧安详，一家风俗店都没有。有一小段是酒吧街，分贝也远不如丽江。

入夜，和野夫在古城散步。白天卖完菜的七旬诗人北海正在摆摊卖诗歌，拉我们进酒吧喝一杯。拉着四五条狗的流浪汉从街边昂然而过，开书店的文艺女青年在灯下静静看书。

何其世俗，何其烟火，但时间如此安宁。

大理的美景无处不在。你可以到洱海边喂红嘴鸥。把饼干往海面一扬，鸥群就破空而来，仿佛朝圣一样，有的红嘴鸥甚至可以在空中叼住饼干。

我在海晨酒店的无敌海景房里住了两夜。老板老沈是北京人，他们夫妇厌倦了北京的雾霾，隐居于此。我笑说等我老了也到这里开家客栈。

你不知道面朝洱海，背对苍山，吹着海风晒太阳喝啤酒的感觉有多爽。此生的劳碌、忧愤都可以瞬间化解。

某天我聊发少年狂，骑着自行车沿海边晃了三个多小时，行程大概五六十里。看到洁净漂亮的白族村落时心中隐隐一动：这世道，能够清白传家的人已经愈来愈少了。

路上景美。忽然知道金庸笔下的侠客为何要归隐大理了。你在尘烟中啼笑，我兀自看日暮苍山远，看夜半洱海寒。

在现今之中国，亦有不少闲云野鹤游兵散勇到大理隐居。十年前到大理的野夫算是第一拨。他和我每夜听着夜雨对酌，聊完剧本聊家国，聊生涯。我亦算经历坎坷之人，但远不如他传奇。野夫说，他这辈子就待在大理了。

对游侠和浪子而言，在大理终老，是最美妙的宿命。

大理古城一带聚集了国内一大帮小说家、诗人、编剧、歌手。附近有北岛和冯唐，喝个酒遇见周云蓬，吃个米线没准就看到李亚伟或胡淑芬。你碰到每个外地口音的人，也许都曾经有过一段传奇，但他们都静静地蛰伏在这里，与往昔的尘世功名无关。

离开大理前的黄昏，我望着火烧云慢慢暗淡，望着苍山之巅的积雪渐渐失色。再好的良辰美景，都注定被黑夜吞噬。我得继续回到俗世中挣扎谋生。唯愿大理永远不要成为旅游胜地，永远不要有雾霾，洱海上的渔娘永远容颜不老，待我白发及腰，再来与你荡舟海中。

丧家犬停止乡愁

不逢故乡,已近十年。

4月初,因为父母要回乡扫墓,而我亦要南下,遂突发奇想,决定先送他们回乡再继续我的旅程。

这个念头一旦涌起,不可遏止。在长沙时,就时常看导航,计算着自驾的路线和时间。

终于载着一家老小开拔。千里奔袭,途中正好要经过故乡的村庄。这是我祖辈长大的村庄。这是葬着祖辈的地方。但于我,谈不上多亲切。因为我并非在这里长大的。

这是五岭中的萌渚岭,三省交界的姑婆山脚下。村庄的先祖是南宋末年名将刘开七,他由闽入粤,战死于梅州兴宁。

他的长房一脉于道光年间迁居于广西。呃，其实是逃荒过来的。

终于回到老屋。几代先人都生于此。

祖父一生老实懦弱，被族人欺凌了一辈子。我上大一那年，祖父蹊跷地死在了老屋的火塘里。此后老屋的地皮都被族人侵占。

故乡的村庄，三天两头弄出修祠堂、修族谱、集体祭祀之类幺蛾子，向村民横征暴敛，众人敢怒不敢言。我是这个村子的后裔中走得最远、名气最大的，但我不爱这样的故乡。

入夜，回到县城的宾馆住下。这是我 17 岁之前的地盘。左边的钟楼，是县城的地标。右边的医院，43 年前，我在此呱呱落地。有回母亲来长沙，带来了我的出生证。我生于3 月 25 日，出生时 3.25 公斤。后来，我配的第一副眼镜是325 度。

当我望见这幢楼时，正抱着两个多月的流氓猴。早年，父母从乡村到了县城，生下了我。而我从县城到了不同的城市，漂泊万里，在外省的省会，生下了流氓兔和流氓猴。每一代人，就是这么演进的。

我们无权无势。我们只能站在父辈的肩上，跳向更远的远方。

我牵着流氓兔进了这家超市。我给他述说了一个故事。

很多很多年以前，这里叫百货大楼。当时的一个柜台里摆放着一把能响的冲锋枪。有个胖嘟嘟的小男孩，每次来到这里，都会贪婪地望着那把冲锋枪。他做梦都想得到那把冲锋枪，但从来不跟母亲说，因为枪的标价是十元。这个价格可以买好多斤米，好多斤肉。男孩知道母亲会很为难，所以从不说出自己的梦想。他只是把脸贴在柜台玻璃上，傻傻地看。

那个男孩叫刘原。

流氓兔似乎懂了。

我们在超市里想买些东西，他总说不必买了。

在故乡的明月下酣睡一夜。天明了，回到我的小学，重温我的童年。

站在校园里，想起童年时那位宠溺过我的数学老师，他姓苏，小学教过我。当他患重病在南宁住院时，我已经在广州工作了。他临终前知道我还惦着他，甚是欣慰。

他真的很宠我，当我同桌小辣椒去告我状时，他都舍不得打我。

望见了一棵老树，它见证过我的童年。小学一年级时，我逗弄过一个要好的同学，他围着这棵树追我，用大铁钉砸我，擦着我的脸飞过，幸亏躲得快，不然就毁容了。后来他父母离婚，他随母亲去了广东。

长大后的我也去了广东，但即使擦肩而过，我们也无法相认了。

两个肥仔，自此在茫茫人世中失散。

重新走了一次当年从家里到学校的路。30多年前，在荒芜的河滩上，经常会有一些棉被，里面裹着女婴，她们早已失去呼吸。她们被父母抛弃了，被人世抛弃了。

童年时的我见过那些毫无血色的脸孔，但愿她们转世之后，投胎好人家。

故乡的朝阳，每天从一片远山之后浮起。那里是正东，广州方向。

故乡的河流，汇入梧州西江，最终成为广州的珠江。

此地离南宁500多公里，距广州仅300多公里，当年隶属梧州。梧州无论是粤语口音还是习俗，都向广州无限贴近，在文化上从来不把自己当广西人。梧州本是岭南古都，广府文化发源地之一，古时管过广州。

自幼，广州便是我们的梦乡。比南宁亲切。比北京亲切。

命运之河终于将我推向下游的广州，在那里喝了四年故乡妹子的洗脚水。

我给故乡河边的流氓兔拍了许多照片。镜头中的他，我不晓得未来会被推向何方，或许会比我远得多。

我们都是蒲公英。风去哪儿，我们便去哪儿。

重走上小学时那条旧路，途中的那尊佛像，仍然在老地方，但已经换了新的了。小学时，我每天都会经过它。当年的神像旁，总会贴满各种符咒，最多的是家有夜哭郎的。关于它，传说若是不敬，会受到惩罚。有个同学不信邪，曾经朝它头顶撒了一泡尿，据说鸡鸡痛了几天。

重走童年时熟悉的桥墩。自我记事起，那几座废弃的桥墩就是那样了，许多不怕死的青年时常爬到桥墩顶，高高跃入水中。桥墩旁的岸边，曾经有两个小女孩溺水，人们拉来两头牛驮着她们走，这是救治落水的古法。不知道她们活过来没有。这条河，我的两个小伙伴都淹死在了里边。30年后，我还记得他们的模样。

我真正经过无数次的故乡的桥，正在填土施工。多年不见，它已被拆。刚刚被拆，我没能见它最后一面。几十年来，我见过无数的云，行过无数的桥，但今生已不能再遇见故乡的老桥。心里有深深的丧失。

我还在江边重逢了一棵树，它见证过我的诞生。40多年前，母亲正怀着我时，从五七干校调到新筹建的县一中，她挺着大肚子，拉着板车把家当拉到这棵树旁边。这树旁边的空地，原先是一个平房厕所。母亲刚调过来时，学校一时腾不出住房，遂将厕所填平改造，我家就住这儿。

多年以后，我的专栏被朋友戏谑为马桶文学。这大概是与生俱来的胎记，我就是出生在厕所之上的。

我今生凝望的第一棵树，在 40 多年后被我再次凝视。我想抱抱它。

后来，我们家搬到了山脚。学校在山脚有一排平房。20 世纪 80 年代末学校迁走后，这里改成公园。十年前在施工，十年后仍在施工，建三峡都没这么久。

家附近的那座小山，穿越了我的整个童年。小时候，拿着长长的钩子，在山上钩枯枝，搬回家烧火。多钩点柴火煮饭做菜，父母就可以少花钱去买煤球和木柴。穷人的孩子，懂事得早一些。有次钩到的树枝不够干枯，青枝反弹，将我拖到悬崖边上。我心知若是放手，那钩子再也回不来，拼死抵住一块石头和那树枝对抗。树枝终于脆断。

多年后已为人父的我，若是望见流氓兔这么做，一定唤他放手。但 80 年代初的我就是这么蠢。穷人家的孩子就是这么蠢。

逛了一圈，陪父母吃了午饭，把他们留在了故乡。我驾车载着流氓兔和流氓猴，继续向中国的南海进发。

十年后重逢，我与故乡，只剩这一夜情缘。睡一晚，然后奔向不可知的生活。

开车遥望见西山岭。小时候经常传闻有大地震，常半夜响警报。若是有唐山级别，上游水库会崩塌，我们得逃去那座山上躲洪水。很多个夜晚，我都搂着一个饼干盒入睡，时刻准备着逃难。

30多年前，县里开完公判大会，死囚被拉去西山岭下行刑，我们去捡过子弹壳。

长大后，西山岭是我们出息的方向。若能考上大学，我们必须朝着西山岭而去，取道桂林，乘火车去往全国各地。

一代又一代。小城里的精锐都走着这条逃亡之路。

故乡愈来愈远。

终于不忍，停车又拍了些照片。因为不知再逢眼前山河，会是多少年后。到时怕是两鬓皆雪了吧。

这片喀斯特地形，实在是不输桂林的。山水俊，人也俊。但是，我竭尽一生的气力，就是为了离开它，去往远方。

除了祖先沉睡在这里，我与故乡亦无关联了。父母已迁居南宁。前一夜，当我用80年代口音的家乡话点菜或购物时，人们都冷冷地以普通话对答了。故乡早成了异乡。

故乡是个混沌的概念。26年前，我离开这里去福州上大学，以为是背井离乡。但先祖刘开七却是从福建三明去的广东。所以，离乡其实竟是返乡。

16年前，我离开广西去广州谋生，写下了代表作《丧家犬也有乡愁》。但我父系是梅州府客家后裔，母系是恩平府客家后裔，广东其实才是祖辈的故乡。

我们这一世，是无谓故乡和异乡的。

流氓兔和流氓猴，都是不足百日时，就跟着我跨省过海的。我要让他们习惯流离，朝异乡而去，朝宽阔的阳光而去。我不要他们有任何乡愁。

停止乡愁，纵横四海。我们是一群飞蛾，只逐光亮，只逐辽远。来时那幽闭的暗道，连头都不要回，我们是从不洄游的鱼，是朝着彼岸涸渡的流民。

大地凄凉，我们莫瞧那身后的暮光。

心安之处皆书房

我对书房没什么概念。童年时,长辈经常拖一个绿色的大铁皮柜回家,铁柜里装满了书,他翌日要奉命骑单车下乡卖书,给贫下中农送精神食粮,如今想来,这大约算是人肉商店。我就着昏暗的煤油灯,趴在铁皮柜边看书,《艳阳天》《金光大道》都是那时读的,人生识字浩然始。煤油灯和铁皮柜,便是我最初的书房。

上得中学,新华书店的门市部和仓库成了我的书房。每次站在门市部的书架边,看到来了新的好书,我便贪婪地在衣服上抹干净黑乎乎的爪子,小心翼翼地翻书。秋后的斜阳飘进来,我在角落独自破卷,如同一块海绵,那真是 20 世纪

80年代的墨香时光。

再后来，大学阅览室是我的书房，20世纪80年代所有值得一读的作品我都是在阅览室里读的。当然那里是公共书房，而且经常停电，据说每次停电时就会有学生把心仪的书籍往楼下的草坪一扔，然后大刺刺退馆，出门拾起书籍离去，后来管理员终于醒悟，每逢停电时就咚咚朝窗边跑，用警惕的手电逼视着每一个坐在窗边的学生。

当年我的另一个书房是宿舍，从图书馆借一摞小说，再从书屋租一摞武侠，逃课躲在被窝里看。辅导员时常会在上课时间查房，我于是唤舍友在外面反锁，端的是天衣无缝。此书房最大弊端是，内急时比较考验膀胱。

我34岁时，才第一次拥有了自己的书房。那是我和老婆结束北漂后返回广西的新居，窗外有粼粼湖光，青山夜塔，看起来很风雅的样子。我的书架上摆满了各种名著小说。书房之于我的功能，一是写作，二是看影碟。忽然有一日，我被卷入旋涡中心，厌恶至极，班也不去上了，整天趴在书房里，喝着啤酒玩游戏，不上网看任何新闻，完全与世隔绝。我的第一个书房，记录了我的一段颓废时光，后来，书房的主人便远走他乡了。

36岁那年，我又拥有了一个书房，这回是在长沙。书房外是天台的花草，偶尔茉莉花香，偶尔牵牛花飘荡，天气好的时候，麻雀便在咫尺之遥散步，跳跃，调情。情境虽风雅，但书架上的书却寥寥，因为以前的旧书都扔在广西，懒得搬运，而我早已不爱上书店，自然亦无须多耗帑币，所以书架上存货不多，多为朋友们出的书，或是老婆的风水书和育儿经。

俗话说书非借不能读也，我家书架上的张爱玲的《小团圆》没翻开过，北岛主编《70年代》看过一小半。我反复研读的只有《笑林广记》，10余年里随我走过大江南北，其实也说不上有多爱读，只是文思枯竭时，把它搬出来淘灵感。

雅士之书房，自然要有风雅名号。刘禹锡书房叫陋室，蒲松龄那放些茶水瓜子骗路人故事当素材的茶社叫聊斋，清代诗人舒位把书房叫瓶水斋，这些都是谦卑的路数，作家赵丽宏80年代住新居，书房仅四步长，故名"四步斋"，这不仅谦逊，简直有些幽怨了。

有些书屋之名，是用作寄托情愫的。张恨水命名"北望斋"，是抗战时北望胡尘心生凄凉，有些屋名，则简直是炫富。民国公子哥张伯驹收得西晋陆机的手迹《平复堂》，遂把书房唤平复堂。陈叔通的"百梅书屋"、梅兰芳的"梅花诗屋"、于右任的"鸳鸯七志斋"、沈钧儒的"与石居"、陈玉堂的"百盂斋"，都在傻愣愣地告诉蟊贼们，自己的家里藏着什么宝物。

好在书房之于读书人，正如剑之如剑客，物理上的坐标并不重要，重要的是在你的内心里浸润了多少年。前些天回了趟北回归线以南，在一个旧书柜里我看到了自己当年所有的藏书，包括莫言20年前所著的《白棉花》，那是我大学时的读物。那些书籍静静躺在午后的岭南阳光里，像被我遗弃多年的发妻。我驮着她们走过千里江山，但终究驮不动了，只能丢下她们，独自扎入比远方更远的暗夜。

窗外的木棉花正在怒放，阳光也在怒放，我盘着腿翻着那些跟我厮混过缠绵过的旧书，忽然想起了几十年间所有读过书的地方，它们都是我的书房。在这世间，倘能让我们心安，甚至心生欢喜的，那便是书房，是故乡，是故国，是漆黑公海上一粒安详摇曳的渔火。

谈吃

做菜，是需要心里有爱的。

男人油腻，是因为他们穿着围裙

你即将看到的本文，一定不是我写得最好的文章，但也许是最值得你收藏的文章，因为内藏大量美食菜谱。

唐山烧烤店案后，我有一个清奇的思路：倘若我们每个人都会做菜做夜宵，会不会让自己更安全一点？

有一点不可否认：午夜的夜宵摊点，是案件的高发点。你也许去 100 次都不会碰到危险，但只要碰到一次，就是致命的。

20 年前的广州，遍地拍头党。当时我编完报纸版面后还要连轴写专栏，下班时往往是凌晨三四点，回杨箕村时饿得肚皮都贴在一起，村里的夜宵店倒是通宵营业，但我一般只打包，不在店里吃。在等候炒粉或香辣蟹或田螺时，我总是手里攥着一瓶珠江啤酒，背靠墙站着，等老板出锅——经历过那个年代的人都明白这是最标准的战斗姿势。提着打包盒回出租屋时，我每走几步就会回头看看有没有歹徒尾随，随时准备把啤酒瓶砸碎当利刃和劫匪拼命。那些年里许多良民被匪徒砸中后脑勺，不死也成了植物人，我是想，与其被活活打死，不如同归于尽。

十年前，我在长沙的寒冬里下了夜班，停车在一家粉店吃夜宵。邻桌有三个青年，看起来倒不像黑社会，但其中一人莫名挑衅，我跟老板付款时，他居然叫我把钱给他，这基本是想抢劫了。我没理他，去端粉时观察了一下有什么称手的防卫武器，老板的满锅热油、烧红的铁钳、案板的菜刀、木凳子，我都记住了位置。然后，面无表情地开始嗦粉。那泼皮终究不是专业的黑社会，胳膊上连米老鼠都没文，所以，脑海沙盘里的夜宵店惨案没有发生。

再往后，我和夜宵大排档基本绝缘了。

深夜食堂是单身狗的重要慰藉，但不是中年男的刚需。如果你像我一样，家有俩上房揭瓦的神兽，每天给他们买菜做饭，调停战争，左手教老二识字算术，右手教老大奥数外语，且看你还有没有心思半夜出去喝酒吃小龙虾。

经历过半世飘零，红尘离散的中年人，眼里只有半杯浊酒，和几碟小菜了。

其实，我直到大学毕业时，就几乎没碰过锅铲。唯有的一次是放寒假回乡，睡懒觉起床，家中无人，我饿得脸都绿了，遂煎了个荷包蛋，那荷包如同被小偷划了千百道，彻底毁容。母亲回家时教诲我：男人要学做菜的，否则以后饿的是自己。

再后来，我锅铲翻飞稔熟炒菜时，母亲又站在背后唠叨：男人会做菜当然好，但你做得越好，这厨房里的活便一辈子归你干了。

她说的都对。

大多数的中国家庭，都需要有一个厨子，除非有配备的厨师或者常年保姆，否则，夫妻俩都是厨房白痴，娃儿只能天天吃猪潲。

所以你仔细观察一下不同的家庭，每家总会有一个手艺至少还能对付过去的掌勺者。夫妻俩都是猪头小白的极少，夫妻俩都是厨神的更少。总会有一个人挑起这个重担，而另一方总是因为不必承担责任而功能严重退化，能把红烧肉焖到焦炭状态，能把白切鸡煮到皮开肉绽。

我曾和兔妈说过：我也讨厌锅碗瓢盆，我也讨厌油烟，但一个家庭里，掌勺者的厨艺，直接决定了整个家的生活质量，如果你我都只能煮出猪食，那么，家里的餐桌就会成为俩娃儿的童年噩梦,而我们将成为失职的父母。

所以,我即将进入主题:如何做出一顿美味的饭菜?

你得怀揣一颗热爱美食的心。窗外乌云压城,风雨苍黄,而你专注地拿着锅铲,只想给即将归家的亲爱的人做一顿好吃的。当你心里有这束光,做出的菜一定不会差。

当然,只凭精神是做不出好菜的,这需要智慧、记忆、手感、机变,以及,永不停歇的创新。

世间的素菜和荤菜有无数种,你得像主持《非诚勿扰》的孟非一样,让它们配对。譬如,许多食材都能做刺身,唯独猪大肠不行,不信你试试。

下厨的入门是炒青菜。这基本是类同的,下油,放几颗蒜,快火炒熟,切记不能放锅盖焖,这会让菜叶变黄,当菜叶的颜色刚变时起锅,可以保持碧绿,也保持了食欲。

不是所有的青菜都只能炒。十多年前我逛圆明园,在野地发现了大片枸杞苗,北京人是不吃这个的,我们薅了一大把回去,煮了一锅枸杞蛋汤。

同样适合煮汤的还有白花菜,这在菜市买不到,因为它是野菜。

适合煮汤的还有南方的夜来香,还有南瓜藤,直接下锅打个蛋花,鲜得不行。但南瓜藤剥起来需要技巧,不会剥的人且死了这条心。

接下来就是荤菜了。

每一种荤菜食材，都有许多种葬身人腹的方式。譬如排骨，可做出红烧土豆排骨、酸甜排骨、香芋排骨、莲藕排骨汤。又如猪肝，可以炒青椒、炒西红柿、炒豆芽，还可以和瘦肉粉肠丝瓜一起煮汤。

倘若你是个厨房小白，快速晋升厨神的一个捷径，就是每次上馆子时别急着吃，仔细看每盘菜的构成，包括荤素搭配，包括舌苔探测出的密码，譬如放了花椒胡椒八角，回家照葫芦画瓢就是。

三十年前，母亲见我懒得学做菜，说你以后要饿死，我顶嘴说只要能挣到钱，我天天上馆子不行吗？后来的许多年里，我果真成了天天在饭馆觅食的人，其中有高档餐厅，也有广州杨箕村里五元一份的潲水油快餐，顺便还把自己的肠胃吃坏了。

不过我算是个有心人，每吃一道菜，都会观察它的配菜和作料，譬如香辣虾和香辣蟹，都是油盐姜蒜辣椒糖蚝油一通爆炒最后撒葱花鸡精，品质必有保证。倘若是做炒田螺和小龙虾，将以上配方加上紫苏，先爆炒再焖半小时即可。

厨艺兹事，最宜照猫画虎。

而这猫，一定得是南方的猫。因为馋鬼都在南方。

多年前，我在央视上看到了一档王小丫主持的美食节目，一个北方厨师嘉宾在教怎么做三杯鸡，说用简单的三种调料就能做出来。我愕然，心想这怎么都不可能好吃。后来去网上搜索，这道菜有不同做法，我综合各种配方进行了大幅改良，先用姜蒜油盐把鸡腿翅根煎到微黄，然后用啤酒（或可乐）漫过，加糖、八角、孜然、十三香焖十多分钟收汁，比电视上的不知好吃多少倍。

有一个下厨秘诀就是上网去搜，什么菜都有人教你做。哪怕是你想做全世界最暗黑最恐怖的 Kiviak（基维亚克），说不定都曾有一个因纽特人发布过教程。

我的经验是：选择那些作料最多、制作方法最复杂的教程，往往才能抵达美味的极致。此外，你做哪个地方的特色菜，就根据口音找师傅，川菜就学四川口音的，湘菜就学弗兰塑料普通话的，如果你搞不懂这菜起源于哪里，就找广东口音的学做。广东人太会吃了，做什么菜都特别有工匠精神，为了一口好汤可以煲八个小时。他们不单注重厨艺，还注重食材。

去年冬天，我在某个寒冷的深夜想起某年在成都，一位以风骨著称的学者请我吃过的老妈蹄花，忽然垂涎。于是让兔妈买芸豆，然后在菜市买了两只猪蹄，一切为二，洗净放姜片白酒焯水，然后加少量盐和料酒、花椒、胡椒（胡椒要用足），用砂锅大火炖二十分钟，再加入提前一夜浸泡的芸豆，文火炖三到四小时，出锅前撒葱花即可。

而老妈蹄花的灵魂，在于蘸料。我是用热油炒姜末蒜蓉，然后加酱油、辣椒油、干辣椒末、郫县豆瓣、芝麻油、糖醋少许、葱花香菜、鸡精。

出锅那一霎，真是仿如贵妃出浴，蹄花雪白滑腻，汤水浓若牛乳，再加上灵魂蘸料，真是每个毛孔都在哆嗦。刘阿斗还说乐不思蜀，你亡国后住的洛阳，烩面当然不缺，但是，有老妈蹄花吗？

只是，我做老妈蹄花时，心里总是隐隐地痛。这菜名令我伤感。母亲去年暮春离世，而我去年底才第一次做这道菜，为什么先前没能想起为母亲做一道老妈蹄花呢？

做菜，是需要心里有爱的。

我做的最烦琐的一道菜，是粤式圆蹄。将整个带骨猪肘刮毛洗净，加姜酒焯水，洗净后用牙签或刀叉在猪皮上戳出无数个洞（便于入味），依次抹上盐、酱油、蜂蜜、醋，腌半小时后下油锅，炸至表皮金黄时捞出，浸泡冷水中（广东人叫过冷河），然后用锅炖，加盐姜酱油白糖八角孜然草果香叶花椒桂皮葱白，水没过肘子，先大火炖四十分钟，然后文火焖三小时（如果要节省时间，可用高压锅炖四五十分钟）。起盘时浇汁，放入焯过水的上海青。

做一道这样的菜，要花费一个下午。我历来惜时如金，自己也不算吃货，反正多名贵的菜肴我都吃过了，也就那回事。但是，当看到俩娃儿如此钟爱圆蹄，连卤汁都要浇在饭里吃得干干净净，我便一次又一次微笑着给他们做圆蹄。

天底下没有人天生喜欢厨房。买菜洗菜炒菜，是一个充满泥污腥臊油烟的流程，你只要洗一次猪大肠就明白滋味了。能下厨房的人，有些是想纾解一些生活压力寻找点乐趣，有些是嘴馋了想尝试点好菜，但更多的人，是因为责任，因为爱，而站在了灶台前。

譬如我每次炒田螺或小龙虾，腰都快断了，因为切田螺尾，因为洗刷小龙虾抽虾线。其实去外面打包也就几十块钱，但是外面路边摊的食材不放心，可能是死螺死虾，放的往往是辣椒精，用的可能是地沟油。我在广州杨箕村吃过好几年的地沟油，那时穷，没办法，如今生活改善了，我可不愿自己的亲娃儿吃地沟油。

我观察过，在朋友圈里，喜欢做菜的多为文人。最主要是这个群体有闲有心情，而且把一大堆食材做成色香味俱全的菜肴，和他们把无数素材梳理成一篇文章是类似的原理，你写完文章总是要发表的吧？所以，在朋友圈晒自己厨艺的一般也是文人。

当然顺便晒身材的也有。譬如我的朋友 Dr. 宋石男，狂狷不羁，当年在高校上课时，讲嗨了就带着学生高唱

Beyond的歌。他是典型的女儿奴，女儿爱吃排骨，他就天天做。石男是少年心性，有才有脾气，只有进厨房时，他才是一个沉稳耐心的父亲。

曾赴成都与宋石男比拼厨艺然后斗酒的朱学东老师，也是个女儿奴。学东兄曾是《南风窗》总编，三年前我们同游越南，他完全是个书虫，河内芽庄那么多的美女美食，他眼皮都不抬，始终拿着本书在啃，即便我们坐着游艇在金兰湾上狂欢时，他还是捧着书。

我的直觉中，学东兄这种典型的书痴肯定是不会做菜的。你见过传统戏曲里的秀才进士下厨吗？饭菜都是丫鬟端到嘴边的。

没想到他还真会做，而且手艺不凡。

老朱平素自己在家时，往往是简单下个面完事，但每当女儿周末从学校回来，他就要大动干戈了，一做就是一桌菜。因为是江苏常州人，我看到了他发的许多淮扬菜，譬如春笋豆干火腿。

我猜老朱的女儿虽然长在北京，但味蕾却是江南的。

更励志的是和我同住长沙的前《南方周末》记者褚朝新。他简直是朝专业方向狂奔，整天跟着湘菜大师学各种烹饪技巧。

朝新同学的主攻方向是做鱼，最拿手的是鱼子豆腐。他的秘诀是：洗净鱼子后焯水定型，油锅炒香姜蒜后放鱼子，加醋料酒翻炒，然后加水加豆腐慢炖，放盐生抽老抽上色，然后放青红辣椒圈，蒜叶紫苏一撒，绝味。

我还曾在一个小群里征集美食图片，群里全是贪吃的文人。结果哗啦啦出了一堆他们自己做的美食图片。

其中一位，是多年老友宋金波。我平素叫他波大大。

他是吉林人，曾在西藏林业部门工作多年，也是我早年的专栏编辑。有次我和他在群里比拼谁吃过的野味更多，他当场认输，说这事吧，谁能和你们广西人比。

据说西藏人不吃鱼，但在青藏高原待过的宋金波发给我的是他做的鱼。当然，还有他做的泡菜，这是证明他东北属性的唯一铁证。

金波在上海，每天给上初中的儿子做饭。解封那天，他问儿子："这段时间，你觉得我们父子俩朝夕相处可好？"儿子说："感觉不错。"

金波觉得特别欣慰。

世界上做菜更多的，其实是女性。但她们不爱张扬，亦觉得这是分内之事，不发朋友圈也罢。偏生是我们这些极少数的老男人，做了几道菜就觉得鹤立鸡群，非要亮几张照片，以免锦衣夜行。

我的朋友圈里有许多女性，但她们从不晒厨艺，虽然我知道她们经常做菜。可能她们觉得太日常了，没什么好晒的。

几十年来，我在中国的许多地方做过菜，广州、北京、南宁、长沙，在苦寒的北方做过小龙虾，在湿热的南方炒过田螺，在中国腹地的长沙给俩娃儿炖过鸡汤，用汤匙喂着初到人世的他们。

这是生命的轨迹。这是每一个父母都走过的平凡的路。

男人拿起锅铲很正常。当我正在写这篇文字的时候，兔妈网购的一箱生蚝到了，我放下电脑去处理。这任务本来很简单，我以往也有经验，但这批生蚝特别坚固死忠，我在用各种工具撬壳时受伤四次，左手贴满了创可贴。但是，娃儿爱吃啊，当我满手鲜血退场时，兔妈跟进，完成了碳烤生蚝的余下工序。

我继续用伤手码字，发现父亲节到了。

这个节日没啥值得庆祝。

男人在家庭做的一切都是应该的，出去挣钱养家，回来下厨做饭，都是分内之事。这几年，大家的生存环境日益艰难，所以，女性们给自家男人多一点体恤，就是最好的节日礼物了。

其实做菜挺解压的。油盐酱醋中，有最质朴的生活哲学。而且，看着娃儿狼吞虎咽地吃自己亲手做的饭菜，挺有成就感的。

有的男人灵魂油腻，有的男人肉身油腻。每一个下厨的男人都免不了肉身油腻，但是他们心里怀有对妻儿的爱，当然，那些在狂风骤雨里送外卖快递、在暴烈阳光下攀爬脚手架的男人，即使从来没做过一顿饭，他们对自己的家，同样也有深深的爱。

那天在厨房里，我边教流氓兔各种做菜手法，边告诉他客家酿菜的历史由来。古时南下的客家流民，没有肥沃的良田，多聚居于贫瘠的山地，蛋白质匮乏，于是把有限的肉，想方设法塞进无限的菜蔬中，发明了辣椒酿、苦瓜酿、豆腐酿、茄子酿、节瓜酿、葫芦瓜酿、香菇酿、蛋酿、蒜酿、笋酿，假装桌上有很多荤菜，假装金玉满堂，假装不曾在遍地烽火中拖儿带女逃亡。

一部美食史，就是无数家族的心灵史和迁徙史。

挑战完这些暗黑食物，
我发现这辈子都不会出轨了

　　人到中年，常有萎靡慵懒之感，对世界失去了大部分好奇，把自己活成了直立行走的蛋白质。说句人话就是：活着没劲。

　　如何才能像年轻时一样重拾对生命的激情和信念？关于这问题，我在黑暗中摸索了很久。某天深夜，我孤独地站在窗前望着万家灯火渐次熄灭，忽然一拍天灵盖：黑暗给了我黑色的眼睛，我要用它去寻找和挑战世间最暗黑的食物。

　　这个念头甫出，骤然浮起了荆轲刺秦、尧茂书首漂长江的悲壮感，啊，这是要去慷慨歌燕市呢。套用阿姆斯特朗登月时的那句话：我吃的虽然是生物链中的一小口，却是人类的一大口。

我一激动，顿时胃口大开——不是因为对暗黑食物的憧憬和向往，而是我明白，吃过它们之后，我或许很久都不会有胃口了。所以要赶紧多吃点正常食物。

这是一次舌尖的冒险之旅。想着都刺激，因为作为一个老男人，好久没干过这么变态的事情了。

用不着周游世界，我就在家实施这个挑战计划。

A计划：牛瘪汤

瘪，是大西南官话里的一个字。怎么解释呢，就是鲜美的食材在动物体内结束美好旅程之前的那一小段至暗时刻。

但端上饭桌的牛瘪，是指牛的胃到小肠之间这段特殊旅程的汁液，每头牛宰杀时只有小半桶。贵州黔东南州的人民一般舍不得吃，过年或来贵客了才能爽一把。

4年前，我在黔东南的黎平头次遇见这种人间至味，一脸坏笑地吆喝同伴们都来尝尝。他们迟疑再三，用就义般的神情夹起了一片牛肉，然后打死都不肯吃第二次了。

我下了单之后，用牛瘪汤做了一锅牛肉牛杂火锅，配料是辣椒芹菜大葱香菜。不过基本上都是我一个人吃，俩娃儿全程以嫌弃的目光看着我。但作为一个从小就喜欢用鞭炮炸牛粪的70后，我对这锅美味勉强能承受。反正夹起来就快速咀嚼，往胃里送，好在花椒、姜、八角放得足，掩盖了部分腥臭的真相。

当年我曾在毗邻贵州的广西河池工作过，当地有一道据说专治胃病的特色菜，是拿未经清理的羊肠整个扔下锅里煮，那可比牛瘪重口味多了。

这道泛滥着农家肥香味的汤，能让我们回味起久违的大地芬芳。只是不知为何，我总是下意识地想往锅里插一朵鲜花。

B 计划：拉丝

我二十年前就吃过天鹅肉了。当我深情地回眸往昔岁月，如今想吃的，却变成癞蛤蟆肉了。

我在征集暗黑食品时，一位朋友推荐了上海熏拉丝，这是我头次听说癞蛤蟆能吃。小时候我捉过不少青蛙，但癞蛤蟆是绝对不敢碰的，因为大人说它有毒液。加之蛤蟆形容丑陋，让人望而生畏。唉，别怪男人们贪恋美色，他们就算看动物也是只看脸的。

不过挑战无异味的蟾蜍还算好，跟别的臭气熏天的暗黑系相比，熏拉丝已经算是暗黑食物里的女神了。

这道上海熟食，罕见地做出了湘菜的味道：烟熏，重盐，居然还放了辣椒！连不吃辣的上海人都下这重手了，可见食材之腥臊。拉丝并不难吃，但我边啃边想起那个皮肤病患者生前的音容笑貌，相当反胃，于是只好不停对自己说：这是牛蛙的亲戚，五服之内的亲戚，不能搞相貌歧视，咱年轻时不也满脸青春痘吗？

吃罢拉丝，忽然感觉舌尖弥漫着上海滩的百年风云，仿佛千年明月照耀在朱家角的沟渠，有一股南屏晚钟的蟾意。

C 计划：活珠子

听起来很有禅意。

中国有几种蛋是雄踞于世界民族之林的：皮蛋、东阳尿蛋、活珠子、毛鸡蛋。当然，在老外眼里，这都是坏蛋。

我首先排除的是东阳尿蛋。咱都慷慨燕市了，还怕这童子尿？但一枚东阳尿蛋大概十多元，不划算。我家就有两男童，哪天给他们把尿时直接尿进锅里，炖鸡蛋还不容易。

先普及一下：毛鸡蛋是孵化失败的鸡蛋，而活珠子则是十二天左右的正在孵化的鸡蛋。这么说吧，毛鸡蛋是自然流产的死胎，而活珠子则是被引产的血淋淋的胚胎。

吃鸡，对我们而言，没有障碍。吃鸡的受精卵，也就是鸡蛋，也没啥障碍。但是吃鸡的胎儿，还是有负罪感的——甚至超过吃羊胎盘的罪恶感，毕竟胎盘是无用的，但活珠子本应是一只羽毛鲜艳的公鸡或母鸡啊，它本可有自己的童年、青年和暮年，有自己的爱情和孩子。

选了一款高邮产的活珠子。我去过汪曾祺的故乡，扫荡过许多高邮咸鸭蛋和高邮湖大闸蟹，希望这些活珠子在我的胃里听到熟悉的乡音。

剥开壳，有汁，据说江苏人民视为美味，但我没喝，这不就是童子鸡的尸液嘛。黄色部分像煮老的蛋黄，白色部分是发育中的胚胎，隐约有血丝，还算嫩滑。底部的蛋白则坚韧如橡胶。有个盐城的前同事提醒我，活珠子炒韭菜最好吃，我仿佛看到微信的另一端，他慈祥地微笑着，像非洲食人族酋长一样。

顺便提醒一下，男童不宜吃活珠子，因为据说里边含有大量雌性激素。

D 计划：羊眼睛

在猪牛羊身上，貌似没什么部位是不能吃的。连牛欢喜都能吃。

但是有一个部位，假如单独拎出来吃，你会有刽子手的感觉——眼睛。

多年前，我在广州吃过一次烤乳猪头。味道固然上乘，但那双眼却被剜去，嵌着两个彩色小灯泡，扑闪扑闪的。猪的表情也很好，恬静微笑，一副音容宛在的样子。我伸出筷子让它毁容时，手有点抖。

眼睛是人类心灵的窗户，也是猪牛羊的窗户。倘若一堆窗户在你面前排开，你会不会有一种鬼片的即视感？

这也是一道熟食，添加了香料。我蒸热了吃，有一种撒尿牛丸的爆浆感，用广东人的话形容，叫弹牙弹口。我若径直囫囵吞下，就当吃了个肉丸，但问题是，我咬了一口之后，还去观测剩下的半只眼——那黑漆漆的眼无声地凝望着我，恰似昔年的贫农控诉着暗无天日的旧社会，很是惊悚。

总之，我吃这道菜时，眼前总是涌起喜羊羊、美羊羊、懒羊羊的哀怨眼神。

顺便说一下，用羊的睫毛制作成的羊眼圈，是一种古老的情趣用品。羊，仅仅用它那双水灵灵的大眼睛，就能像张爱玲说的，帮女人通过食道进入男人的心，帮男人进入女人的心，达到生命的大和谐。

E 计划：臭苋菜

坦白地说，挑战完上面几道菜，我已经胃部痉挛，神经错乱了。每个深夜，要么是癞蛤蟆在低鸣，要么半夜鸡叫，或者羊咩。我耳边仿佛听到了赵忠祥老师的幻音。

我决定向善。像段祺瑞晚年一样吃素。

老吃货陈晓卿曾说："中国最臭的菜是霉苋菜梗。"

据说饮食界最重口的一道菜，是绍兴的"蒸四臭"，用臭豆腐、臭苋菜、毛豆（该豆表示相当冤枉）、霉冬瓜合蒸。这种大杀器，大概类似于蹲在厕所里吃螺蛳粉嚼鱼腥草，一定是绍兴丈母娘嫌恶地招待没房没车的未来女婿时的首选菜式。

所以我选的是一款被用户评价不够臭的，以免拐弯太急把自己熏晕。

该菜是很臭，幸运的是，它属于那种糅合了臭豆腐和臭腐乳的臭味，对我这种吃过螺蛳粉的广西人兼在长沙吃了多年臭豆腐的伪湖南人，很容易适应。苋菜皮略带渣，菜心则入口即化，略咸，微甜，口感不错。

远远望着我吃的二宝，后来跑来和我玩，我习惯性亲了他一口。一岁多的他皱着眉，拼命揉鼻子，熏到了。后来我去取别的暗黑食品，连快递点的人遇见我，都倒退了三步。

古时候衙门招绍兴师爷,那时没身份证,怕人冒充籍贯,于是摆出霉苋菜、霉千张、臭豆腐,能一口吞下的才能进去应聘。

目测我有做绍兴师爷的潜质。忽然觉得在社会主义康庄大道上,大有可为。

F 计划:烤蜈蚣

关于毒物,我以前只在广州吃过蝎子鸡汤,但也只喝汤,没嚼蝎子。长沙的口味蛇也吃过不少。毕竟是在餐馆里吃的,不担心中毒的问题。

当然也不绝对。当年我也在餐馆吃过果子狸,但 2003 年之后我再也不敢吃了,它才是令我闻风丧胆的第一毒物。

某年我在宴席上遇见了河豚汤,心里忌惮却又不舍得错过,遂装了一碗,但是不喝。过了十分钟后,眼看周围人士无一个倒下,我才警惕地喝起来。

十多年前我和幼齿北漂时,曾在王府井附近的夜市看到有烤蜈蚣,惊悚不已,觉得太变态了。

以前喝河豚汤我尚可观望他人有没有中毒反应,但手里拿着这袋蜈蚣时,我总不能让老婆孩子去先试。终于发现头一个试菜并非美好的事。

当我硬着头皮准备当神农氏之前，我眼含热泪，紧握着当年的幼齿、如今的兔妈的手，说出了我的银行密码。

蜈蚣是炸熟的，通体碧绿，其实没啥肉，多是脚和壳。商家配了辣椒粉，但我没撒，不愿让辣椒麻痹了我的味觉神经。

蜈蚣的味道略苦，有一股浓重的中药味，但勉强能下口。我边嚼边想：要是我挚爱的大闸蟹也长这么多腿就好了。

不过吃蜈蚣有一个莫大的好处：增强了自己行走江湖的自信。我感觉自己就像金庸笔下的五毒教主蓝凤凰，百毒不侵，还可以放毒。以后谁敢跟我吵架，我就咬他一口。

G 计划：白花蛇草水

感觉唇齿间一直有蜈蚣的腿在蠕动，我决定用神水漱口。

这是网络第一圣水、常年高居难喝榜 TOP1 的崂山白花蛇草水，我倒毫无畏惧，不信它会比中药还难喝。

大不了，不用中药作为参照物，跟农药比比。莫非比百草枯还难喝？

网上说它的味道像草席，是堆着无数臭袜子的草席，依我看，这席子上最多只有一双臭袜子。有点酸，比广东的凉茶容易入口。我仔细品味了很久，觉得它还是没有我小时候喝过的中药难喝。

买家评论里，有一个妹子说，和她合租的姑娘总是偷喝她放在冰箱里的饮料，她决定买白花蛇草水放进冰箱，以示惩戒。更多的人说买这水是去参加婚礼时闹洞房的。典型一整蛊神器。反正你的领导做报告时，你在旁边放一瓶就是了——苍天可鉴，你真不是在坑领导，因为这玩意儿据说清热解毒、解酒护肝。

该神水的原料叫白花蛇舌草。白花蛇喜欢舔食草叶上的露水，故得此名。

所以，这水应该最适合白娘子。

H 计划：竹虫

关于吃虫子这事，云南人最爱干。不过我买的是山东临沂的虫子。

网上卖的虫子很多，为了增加挑战难度，我挑了最像蛆的竹虫。反正它的别名就叫竹蛆，就当我吃蛆好了。

曾经看过一篇文章，三年困难时期时，幼年的作者跟着姐姐艰难度日，饿得面黄肌瘦。姐姐弄了些奇怪的肉给他吃，却始终不说是啥肉。某日他偷偷尾随姐姐，发现她去粪坑里捞蛆。

我在湘西的苗寨里吃过一种油炸的桃花虫，长桃树上的。卖虫的老太太神秘地告诉我，吃了这虫会走桃花运。结果晚上我回宾馆等到半夜，都没听到门铃响，连骚扰电话都没有。

我把竹虫下了油锅，加盐、姜、指天椒，炸到金黄时起锅。口感香酥脆爽，有点像黑白配，如果去电影院时拿着一包炸竹虫，那是相当的卓尔不群。唯一的遗憾是偏咸了，估计店家用盐水泡过，因为作为资深厨子的我放盐从来精准，不会过量。

对生肖寅虎的我而言，吃竹虫的难度算是最低的了，无非是大虫吃小虫而已。

I 计划：猫屎咖啡

我对咖啡并无嗜好。买这款纯属恶心自己。

话说专业品酒师平时都不喝酒的。所以素少喝咖啡有个好处，就是我的舌尖能更敏锐地寻找它的滋味，以及辨认有无猫屎的味道。不过这句话有点打脸，因为我也没吃过猫屎。

此猫非彼猫，别以为喂你家的母猫吃咖啡豆也能自产自喝。那是印尼的一种麝香猫，系野生树栖动物，它的肛门下方有个芳香腺囊，所以排泄的咖啡豆才会有特别的馥郁。不过麝香猫的数量太少，已经不能满足人类日益增长的喝猫屎需求了，所以后来又陆续开发出象屎咖啡、鸟屎咖啡、松鼠屎咖啡等"厕所"系列，这是后话。

我选的卖家，用户评价说和印尼买到的味道一样。泡了一杯咖啡，才发现它不是速溶的，残渣很多，看起来像猫屎。我仔细辨认麝香的气息，没有，我又寻觅粪便的气息，也没有。那一霎我怀疑这猫腹泻了，咖啡豆快速经过肛门，没来得及沐浴麝香腺囊的熏陶。下次得买便秘猫出品的。它比普通的咖啡味道稍淡，也没那么苦，香味绵长一些，毕竟经过了猫的肠胃洗礼。

没闻到猫屎味，我略感失落，于是往里边加了点没用完的牛癀，终于心满意足地喝上了我心目中的猫屎咖啡。

这一路吃来，喝猫屎咖啡的难度实在不算太大。我选择它，主要是为了在发动最后的大决战前，稳定一下情绪。夜阑人静，我披着军大衣，左手端着猫屎咖啡，右手提着马灯，在一幅世界地图前踱来踱去，最后，我的目光停留在了斯堪的纳维亚半岛上。

一枚洲际导弹即将袭来。

J 计划：瑞典鲱鱼

这是本次的暗黑挑战计划中，最让我胆寒的。

这完全是食物界的生化武器！宇宙最恶臭的东西，没有之一。

看着各种视频和截图里，连重口味的鬼佬去挑战，都吐得七荤八素的，我默默地找出了防雾霾的加厚口罩，准备迎接人生最最暴烈的一次痛击。

它臭到什么程度？有人为了给家里的狗狗改掉吃屎的习惯，在粪便上撒了一些瑞典鲱鱼，然后，"狗改不了吃屎"这句古谚就失灵了。有一只狗，只闻了一下罐头的气味，就开始剧烈地呕吐。

就算是生产出这种脏弹的瑞典，也是禁止携带这种罐头上飞机的。要是把空姐熏晕了，你还可以给她做人工呼吸，但驾驶员和副驾驶熏晕了怎么办？你自带降落伞了吗？

查了一下，国内也产鲱鱼罐头，但目测不正宗，因为居然有用户夸赞味美。所以，必须订瑞典的鲱鱼。

这款产品好贴心，附送几颗薄荷糖，还有一瓶除异味的喷剂。

我战战兢兢地拿到家里的天台上，不敢在室内打开。一股氨气飘了出来。跟尿素有点像。但我扛得住，没熏晕过去。鱼是生腌的，用凉开水冲洗了一下，发现大咧咧的北欧海盗连鱼肠都没处理干净。鱼肉很咸，但肉质非常细嫩，有细小鱼刺。

慢慢嚼着鲱鱼罐头，想起宇宙头号生化武器居然没能把我击倒，我忽然有点淡淡的失落。是这世界太平庸了，还是我太变态了？

鉴宝完毕，除了胃部稍感不适，臭气挥之不去，大体感觉还行。我太重口味了。十多年前我在报馆里边喝八宝粥边看网上的各种腐尸图片，有个当过特工的同事站在我后面说："你真变态，看这种图片都能吃得下。"我咧嘴一笑说："其实我比你更适合当国产007。"

不过诡异的是，在我以身试毒的整个过程中，兔妈异常配合，热心地帮我挑选最臭最恶心的食物。刘老汉冰雪聪明，迅速看穿了她的心计——

一个嚼着蜈蚣和癞蛤蟆，在厨房里煮着牛瘪、羊眼睛、竹蛆，喝着白花蛇草水，浑身散发着瑞典鲱鱼浓香的怪蜀黍，以后会有妹子爱吗？连垃圾婆都嫌弃他。

所以，他是不是世界上最忠诚、最不可能出轨的丈夫？

舌苔间的风月

京城老吃货陈晓卿拍摄的《舌尖上的中国》前几年很是风靡，当时我身边那群长年夜班的痴男怨女很是愤懑，你想吧，饥肠辘辘的人，半夜看这种节目，这真是视觉上的酷刑。

陈晓卿其人，我一直疑心乃饿殍转世。他的手机里有无艳照我不晓得，但笃定有的，是数千个馆子的地址、电话、招牌菜，有次他丢了手机，哭天抢地，比官人下野、西门庆去势还要哭得伤心。

其实陈晓卿看似对佳肴如狂蜂浪蝶，但并不贪食，昔年在京城的饭局里，他总是组织者，但吃得总是最少，多数时候，他抽着烟望着一群老饕风卷残云，悠闲得如同饲养员。

他说所谓饭局，并不是在于吃菜，而是"吃人"。最近风传某省出了食人魔，我想起陈晓卿那张包拯似的脸，忽然想起铡刀，不由得活生生打了个寒战。

陈老黑跟蔡澜沈宏非混久了，跟寒夜酒肆的厨娘混久了，于是便成了美食家，而且一夜间从"黑五类"变成了"红五类"，这大概算是业余爱好发酵成职业标杆的典型。昔年蔡澜、黄霑、倪匡每每在夜总会花天酒地，后来付小费付得钱包吃紧，干脆上电视聊午夜场脱口秀，堪称花酒界的几座灯塔。

我多年前，亦曾想过做一名美食专栏作家，无奈写了一两期酒池肉林，竟已气若游丝。须知混那个圈子，最重要的是走南闯北，以及在不同的皮肉上练就的舌功。我的生活被稻粱焊死了，没法吃垮神州大地的众多馆子，而且美食这东西意淫不来，食材、火候、作料都有具体的ISO（国际标准化组织），写庖厨野史，哪怕在刀工阶段露点破绽，都会有白围裙胖子伸出油腻的食指斥你误人子弟。

说起中国美食，我那空空荡荡的苍老舌苔，曾经缠绵过北京的卤煮、青岛的海胆、南京的大闸蟹、杭州的东坡肉、厦门的土笋冻、武汉的鸭脖、广州的烧鹅，以及祖传的各种客家酿菜，这都是令我的味蕾高度充血的。而让我的舌尖瞬间变无能的，一是本帮菜里冰冷腥臭的黄泥螺，二是西南流行的鱼腥草，还有一道菜，不仅令我食欲全无，而且简直热泪盈眶，那是多年前在广东吃过的红焖大猪头，整盘端上，笑容可掬，眼眶里还有两枚红珠扑闪，我直想揽它入怀，颤声朗诵舒婷女士的诗：与其在餐桌上死不瞑目，不如在爱人的肩胛骨上柔弱痛哭。

我也曾当过多年厨郎，厨艺在男人里算中上，这两年忙于生计，三餐都是家人打理，手艺生疏了不少。在北京时最擅爆炒小龙虾，前年看到虾身沾毒的新闻，甚厌恶，再也不烹这玩意儿；几天前我炒了一碟密宗田螺，不想买来的剪尾田螺有一些是往生者，味道吊诡；唯有那盘香辣虾蟹，依稀有旧日雄风，只是那辣椒太霸道，家人都说吃不消，连流氓兔都烦躁得夜啼，我很挫败，丢了锅铲，钻回书房当酸腐文人去了。

我此生做不成美食家的缘由，是炒菜虽精致，舌头却粗粝，天生不挑食。我待在广西时，陈晓卿去南宁，写了篇博客说柠檬鸭况味，那简直是红尘第一鸭，我惴惴说我常吃的柠檬鸭似乎没到这级别吧，他嘿嘿一笑说，美食，讲究的是通感。

有人说，《舌尖上的中国》若在东莞拍续集，会是另一番韵味。徘徊在舌尖的岂止是熟肉，还有谤誉，还有风月；甚至，还有半生半熟、半沉半浮的青史。

蟹蟹有你

十一月的最后一天，某堂客凌晨四点就在发微信，暗示刘老汉应该发个红包了。那天是领证套牢十周年。

我装没看见。

但傍晚还是去买了花蟹和大闸蟹，绑起久违的围裙，下厨做了一盘销魂的香辣蟹。婆娘与娃儿俱欢颜。

若说婚姻与吃蟹有相似之处，那便是男人如横行公蟹，婚姻恰似那口蒸锅，将你五花大绑起来，让你在动弹不得的境遇下体会生命流逝，最终从一个青皮小伙变成酡红老汉。

在过去的十多年间，我一直是蟹之杀手，唯独这两年，遽然对蟹的感情由浓转淡。今年秋风乍起时看朋友圈里晒的各种大红袍动物，居然连口水都不流，巴甫洛夫理论在我身上失效了。

我把这理解为中年厌倦，对吃喝嫖赌全无兴趣，更无一丝好奇。所以我挺佩服那些每天山珍海味颠鸾倒凤的老男人，能几十年保持一贯胃口是件艰难的事。

但作为一个曾经的母蟹屠夫，我忽然很想回忆一下那些年热爱过的蟹蟹们。

曾经有读者问我："你当年是围棋记者，有没有跟国手们学点绝招？"

我说："当然有啊。曹大元九段就亲手教过我。我这辈子的第一只大闸蟹就是他教我吃的。"

那顿饭是一个酷爱围棋的上海朋友请客，就仨男人。我头次见到狰狞怪物，摇头说不吃，其实是不懂如何吃。温厚的曹大元说，来来我教你。

曹大元是个特别随和的谦谦君子，我们走在路上，碰到认出他的上海市民，他总是谦逊地点头微笑。

15年没见他了，若能重逢，我想请他吃蟹。

曹大元能记得万千棋谱，我却只记得他教过我如何辨别螃蟹公母。

我人生中的第二只蟹到第十只蟹，是南京老克教我吃的。

十多年前，我游荡于苏北大地，老克陪我。每逢东道主设宴，必有大闸蟹，老克便推说不想吃，然后把他那只蟹打包拿回房间给我吃。我那时对蟹情窦初开，爱不释手，但若当众将老克那只蟹啃掉呢，又有失脸面，所以老克体贴地带回僻静处让我偷吃。

夜阑人静时，老克在梦乡中听到咔嚓咔嚓的声音，以为老鼠入侵。其实是我一边趴电脑前写专栏，一边啃他那只蟹。

长三角的男人都是细致体恤的暖男。曹大元不厌其烦地教我吃蟹，而老克每逢初秋就会勾引我飞去金陵，所以我写过一篇专栏，叫《丧心病狂地热爱江南》。

我能一直记住这样的光阴：芦花如雪，秋风从高邮湖上飘来，我和都市放牛、朴尔敏横七竖八醉卧在徐家老宅的天井里，老克的夫人端上一大锅蟹和菱角。那时没有雾霾，四角的天空蓝得发紫，蟹们宝相庄严，仿佛在倾听古运河的桨声。

十年前北漂时，我已经被老克带坏了，成为一个无蟹不欢的人。

北京的蟹不叫大闸蟹，叫河蟹。肚皮泛黄，毫不洁净。昨夜南体老同事小黑在微信上提起多年前在广州，我和方枪枪提着一袋死海蟹去他家煮。嗯，我这种打小没见过蟹的人不懂识别也就罢了，方枪枪这种生于烟台海滨的人，怎么也着了道儿？但我到北京后，也跟方枪枪一样着了道儿。某天的暮色中，我买了一袋螃蟹，卖主拿起几个，都张牙舞爪的。拿回家一看全是死的，估计那卖主是皮影戏出身，能让圆寂的螃蟹复活诈尸。

死螃蟹有毒。所以我后来练就了一个本领：无论再凶猛的螃蟹或小龙虾，我都是亲手挑选。

为此付出的代价是，我被螃蟹钳出的血，大概相当于半边天们来一次大姨妈的量。

做大闸蟹是天底下最简单的厨艺。

我早年是直接往沸水里一扔，蟹挣扎后断手断脚，缺少了给蟹掰腿的乐趣，不爽。后来改蒸，而且要沸腾后才入锅，如此蒸熟的蟹才是全尸。

伟大的蟹仙李渔指出，蟹只能蒸。蟹圣袁枚进一步指出，蟹宜独食，凡是往里加鸭舌鱼翅海参的，是极劣的"俗厨"。湖南有些馆子，偏爱将蟹五马分尸后放辣椒炒，反正你拿一只澳洲龙虾来，他们也是照口味虾口味蛇的套路做，相当自信。

作为烹蟹老手，我得提醒诸位：唯有大闸蟹是蒸煮的，其余任何蟹都不行，必须炒。

白先勇曾写过一篇美文悼念他的前男友，说他们在美国的海边捉了螃蟹，扔进锅里，蟹壳刚红便捞起。此举大谬。

花蟹宜姜葱炒，青蟹（膏蟹）泥腥味重，非辣椒水老虎凳不足以降服。炒蟹须快火，快手，三分钟内要起锅，此时弹牙弹口，十足小鲜肉，再久一点就缩水松弛，仿佛原叔身上的老肉了。

我年老色衰，口味日渐清淡，对肉食和蛋白质已经有点冷淡了，加之牙口不好，常怕咬蟹崩了牙，所以对这深爱之物，已经到了看一眼笑笑的阶段。偶尔下厨做点蟹，是讨父母和妻儿开心，中年老男人又有几桩事情是为自己做的呢。

但我终究不能忘记那些永不回来的年月里，蟹们给过我的抚慰。十多年前，下夜班的我经常在杨箕村里打包了香辣蟹，回到清冷的出租屋里木然吃着蟹看翡翠台。北漂时，我和幼齿在冬夜里一边啃着河蟹，一边怀念南方，大雪封门，蟹在碗里出不去，我们困在生活的笼子里出不去。

去年辽宁盘锦的一口巨锅蒸数千螃蟹创下世界纪录，堪称蟹界的奥斯维辛。

母蟹的那两只坚毅的螯，足够撑起我这十多年的记忆。明天，12月3日，是我结婚十周年，转眼间，当年的幼齿成了如今的兔妈。我已经忘记2006年12月3日那夜的婚宴菜谱，只记得有一道蟹。可我并没吃，结过婚的人都知道新郎都注定饿肚子的。

本想致母蟹的文字，慢慢写着就成了致青春，致年月了。那些被我从肉体上摧毁的母蟹，同人海中无数一闪而过的面容一样，构成了我无悲无喜的前半生。

　　蟹蟹有你。

我只剩这根舌头，是广西产的

当湖南冰天雪地时，我蹿回温润如春的南宁，陪护住院的老人。

医院附近餐馆林立，而我却独钟粉店，但最令我伤感的是，这两天连续误食了赝品螺蛳粉，虽未伤害到胃，但伤害了我那颗苍老的心灵。

鉴别水货很容易：第一碗，捞出了三具田螺的尸首；第二碗，漂着油豆腐和鹌鹑蛋。这都不是螺蛳粉的标配。

我一边沮丧地嗦粉，一边看手机，恰好看到了新周刊公号的一篇《黄山归来不看岳，广西归来不吃粉》，说广西人吃粉独步天下，单南宁每年就要消耗1亿公斤。这篇文章勾起了我关于米粉的记忆。

记得有个数据说广西的米粉种类有 200 多种，我倒是不以为然，你不能放上不同的配料就算是不同的米粉。但说广西的米粉最多，我信。

我在广西之外的地域生活已近 20 年，骨子里早就被异化得一塌糊涂，唯有这根舌头，一直是典型的广西制造——吐出的是广西口音，吞下的是广西口味。

作为一个吃米粉长大的人，我用半辈子总结了一个真理：我可以游荡在中国大地，但只在有米粉的地方栖息，因为这些地方的菜才符合我的胃。所以，我的下半生决计不会到长江以北定居，因为没有米粉。

这也是一个奇怪的定律——凡有米粉之地，包括川湘滇黔桂，乃至闽粤，对我而言，口味上互通都不算难，除此之外，不管是长三角的甜腻，东北的乱炖，西北的烧烤，都是陌生口感了。

小时候，我并不喜欢米粉。当年母亲每天早晨都在学校食堂里打粉回来，学校的大锅煮得跟猪潲一般，我每天都苦着脸咽下，当时觉得这玩意儿真是世界上最难吃的。

我家隔壁的一个小女孩，同样受不了猪潲，她家境好，遂每天在街上吃粉，吃出了肝炎。母亲常拿这事警告我，所以我从来不上街吃。

直到20世纪80年代的某一天，我在县城的夜市晃荡，路过粉摊时，被某种动物的香味引了过去。长辈说吃了这种动物会破相，所以我挣扎着离开，但它的香味不断把我拉回来。

我缴械了，拼着破相的代价吃下了一碗粉，跟拼死吃河豚一样悲壮。然后，我第一次发现米粉也可以是好吃的。

米粉最大的弊病是不顶饿。最大的优点是便宜。这样的优缺点恰好击中了我年轻时的软肋，20年前我从荒凉小镇的电厂考到省城的报社，试用期一个月400元，不够伙食费，所以中午都只吃两块钱的米粉，到晚上才吃六七元一份的快餐，那年头加饭免费，我可以加三四次饭，因为已经饿了一天。

对社会底层人士，不可谈论米粉之美好，那着实是心头大痛，有钱的话谁跟你吃粉啊。你们知道我是为什么开始写专栏的吗？因为写专栏可以买快餐吃啊。

十多年前，我北漂时，已经不穷了，阔得足以每餐买两碗米粉，吃一碗看一碗。但寻觅米粉却成了大难题，有一天，幼齿下班时发现北四环的展春园边上竟然有一家地道的桂林米粉店，如获至宝，然后我们就时常去吃米粉或砂锅饭，在朔风中望着店里那张象鼻山照片抒发乡愁。

许多年间，米粉对贩夫走卒是难言之耻，是窘迫贫寒的象征，只有当你衣食无忧了，才能光明正大地去赏玩米粉之美味。二十年前白先勇的《花桥荣记》上映时，我在影院看了毫无感觉，但于他而言，那便是乡愁。

据说著名美食家兼饿鬼陈晓卿是螺蛳粉的重度消费者。最近我还发现，我的朋友、新西兰美女主播裴晗竟然也酷爱螺蛳粉，她说，自己经常在新西兰的超市里买整箱的螺蛳粉。

螺蛳粉有个特点：酸笋味能把不适应的人熏晕。我的前老板曾说，他到广西时，最厌恶的就是满街的酸笋气味。这玩意儿如嗜痂之癖，爱的爱入骨髓，恨的恨入骨髓。

裴晗美女是湖北人，九头鸟，聪明得很。她若独食，那一定会引人侧目，于是她成功策反了电视台的同事们，一群带着中国胃的老饕一齐大呼小叫地吃螺蛳粉，那就不会彼此嫌弃啦。

广西的各种馆子有个习惯，总爱瞎编点故事为自家的产品溯源。譬如桂林米粉店就会贴大字报，说这玩意儿是秦朝兵士南征时思念故乡面条发明的替代品。

南宁老友粉则传说是20世纪初某老板见顾客感冒，遂调制了一碗配料独特的粉，顾客霍然而愈。

关于吃粉，尤其是在外省吃广西的粉，我的血泪史是：必须吃当地人做的才正宗。

某年我去北师大招人，在该校东门发现一家桂林米粉店，欣喜若狂，结果那粉一端上来，我几乎要摔碗。问老板是哪里人，她说是南宁天等的。据说，在北京开桂林米粉店的基本上是天等县人士，那地儿距桂林也不算远，大概500多公里而已。

前年在广州天河改剧本，酒店楼下亦有桂林米粉，我去吃时，赫然发现漂浮一大堆鸭血和香菜，那老板一张口就是南京大萝卜。

所以我养成一个习惯：吃粉之前先搭讪，判别老板的口音。长沙的螺蛳粉应该是除柳州之外最正宗的，因为全是柳州人开的店。我时常去吃的一家，比南宁的螺蛳粉纯正十倍，味道没得说，就是服务态度太不友善，因为男老板老问流氓兔和流氓猴是否都是我的孙子。

一方水土养一方胃。这样的胃，当然不仅仅限于米粉。

广西以前有一款著名的啤酒，叫万力，畅销海外。不过，此处的海外仅指越南一地。越南男人最喜欢吹万力啤酒，开嘉陵摩托，是该国一景。这啤酒口味一般，但便宜，同样是我年轻时的首选，不过我没喝多久，因为它倒闭被收购了。

所以我喝得更多的是漓泉啤酒，这款桂林产的啤酒，或许是更接近我的故乡，水质上最符合我胃腺里的乡愁。听陈晓卿说，在北京，只有广西大厦才有最正宗的桂林米粉和漓泉啤酒。几年前，我在长沙的一位同事知我好这口，帮打听到有一个经销商卖漓泉,然后我就成了大客户,有事没事就订个十箱八箱。终于有一天,经销商最后一次送啤酒之后,悲戚地说以后再也不卖漓泉了,因为,"全长沙就你一个人在喝……"

天下美食,该尝的已经尝得不少了,我的口腹之欲早已消失大半。偶尔冒出的馋虫,其实都是怀旧之虫,想重温一下来时老路而已。某年在洛杉矶中国城看到有桂林米粉,食指跳了几下,却看到价目是一碗24美元——放在广西可以顶得上一桌的桂林米粉、螺蛳粉、老友粉、玉林牛巴粉、蒲庙生榨粉、宾阳酸粉、全州红油粉,外加一碟田螺一碟牛杂和几瓶漓泉。我才懒得怀这么昂贵的旧。

广西的菜式,若以精致和档次论,固然远不如粤菜,即便比起湘菜,也是差距不小的。只出了个荔浦芋头,那也是夹杂在环肥燕瘦之中才能挤进满汉全席。就像一个小鲜肉倘要装成浊世佳公子,必须要混进一众油腻男人中间,才显瘦,显脸小。

至于我曾推崇的柠檬鸭、啤酒鱼、豆腐鲇鱼,套用湖南人的词汇,叫"土菜"。最宜野汉虎咽,犹存村姑余香。二十年前我出差途中与同事在乡村野店打尖,头次吃到豆腐焖鲇鱼,最后连汤汁都尽数浇入饭中,爽得胃都痉挛了。当时倘若你牵一美女,和面前这盘菜,让我选其一,那我定然选豆腐鲇鱼，而且还会警惕地催你快把美女牵走，省得跟我抢菜吃。

有时想来，我之所以长着广西胃，皆是缘于那些广西菜喂养和慰藉过我的童年，以及少年。人在食物匮乏时，嗅觉和味觉会特别凌厉，而且对美食刻骨铭心。我小时候最爱水煮花生，因为不贵，食材易得，它的香味深深烙进了我的脑回路，以至于多年后，几乎不吃任何零食的我，每夜趴在电脑前写稿时，必定放着水煮花生。

曾经穿着围裙给全家做菜的母亲如今躺在医院里，我本想用自己还不赖的厨艺给她做菜，但家里离医院太远，不方便送饭。昨夜，我在附近餐馆打包了陆川白切鸡、酸菜炒大肠、蒜茸菜心、冬瓜排骨汤，在病房里陪白发苍苍的父母吃。他们的胃口并不好，连我的胃口亦不好。我想起幼年时站在平房的屋檐下等母亲买菜归来，想起母亲为我做过的上万顿饭，忽然心底淡淡地疼了一下。

念人

气味相投的人,终究会在这人世间循着气息,最终相逢。

穿过廊桥,我们开始在尘世相爱

　　我的太阳穴被踹了一脚。

　　若换别的场合,我定然当场发飙。但这回,我无法发作,只能捂住疼痛的耳膜,讪讪地闪到一边。这是早春的长沙,我把耳朵贴在幼齿肚皮上监听敌情,孰料小敌寇飞来无影腿,我只好退避三舍。早年有个美国拳王逗八个月大的儿子玩,被儿子一拳打落牙齿,也只能忍辱负重地把牙往肚里吞。

　　幼齿是去年初冬怀上的。她倒不害喜,就是胃口炽烈,连一张桌子都能吃下去。一日她说想吃南宁的老友粉,我便每日早起去买米粉、番茄、辣椒、肉末。北风那个吹,雪花那个飘,刘老爹在雪地里艰难地行走,不为买红头绳,只为买些肉菜。回家煮毕，我自己不吃，托着腮望幼齿呼噜噜地吃，如同老汉蹲在田间抽着旱烟，听到了庄稼滋滋拔节的声音。

至于一切家务，自然是我包揽了，老人在电话里指示说：孕妇莫沾冷水，莫提重物，莫踮脚拿高处东西……我诺诺。自此洗衣拖地买菜做饭全包。幼齿平衡感差，时常磕绊摔跤，我遂每次下楼都紧紧地抓住她的手臂，幼齿日益像变形金刚，我忧郁地说："咱家住七楼，要不我在窗台上装一滑轮，用吊篮运输你上下楼？"

孩子的到来早在规划之中，只是这些年间我们流离漂泊，迁徙不定，遂一再延期。带孩子来这世上亦不知他未来有无怨怼，但我们只想像万千众生一般经历这尘世的一切，包括为人父母，包括换尿布。

我本蛮勇之人，但幼齿大了肚子之后，我忽然怯懦了。每晚下班驾车经过午夜的长街，神情恍惚的我总是尽力打醒精神，小心翼翼地行进，偶尔停车，我必坐在车内锁上车门，因为据说有枪匪。我变得怕死起来，因为在将来的岁月里，我要承担太多，这个家在我的肩膀上。

时光一滴一滴地漏去。我搀着幼齿在黄昏里散步，望见邻人推一男婴过来，我目不转睛望着男婴，那肥崽途经我时，忽然扭头冲我嫣然一笑，我心神一荡。

我们早给自家肥崽起了个诨号：流氓兔。我在解放西的魅力四射签售时，幼齿腆着肚子在一边看，不知流氓兔将来是否会爱上这喧嚣，爱上这纸醉金迷。

幼齿刚怀孕时，她的外婆过世了，按照风俗，幼齿无法回去奔丧。她只是不停地流泪。几个月后，我的外婆病重，已经唤子孙们到病榻边嘱咐事情，而子孙们都已到齐，只余我因工作繁忙兼要照顾幼齿，无法归去。我只能在电话里对外婆说："你一定要挺住，曾外孙很快要出世了，他要去向你讨糖吃的，你要准备好多多多的糖。"放下电话，我眼泪便流了下来。

而外婆亦坚强，以近百高龄，又挺过一劫。

从隆冬到暮春，再到盛夏，转眼便是立秋。某夜我正在办公室忙活，幼齿忽然电话来说阵痛，我赶紧回家，陪她到天明，立即到医院住下。幼齿彻夜喊痛，我捧着韦君宜的《思痛录》，喃喃说大家都痛。

痛了两日，终于决定剖腹产。我强自平静地在一沓协议上签了家属姓名，吻了吻幼齿苍白的脸颊，和护士一起把她推进了手术室。我退了出来，电动闸门缓缓关上，我想起这个女子自年少时便爱着我，跟我漂泊过万里，经历过如云悲欢，我和她从未像此刻相隔得如此遥远，我亦不知闸门再开时是如何结局。于是，我在楚地的黄昏里，独自流了几滴泪。

心神不宁地回到病房等待，岳母不断催我赶紧去手术室。我走过夕照流溢的廊桥，两个护士推着婴儿车迎面过来，问我："你可是 22 床的家属？"我说是。护士掀开被毯，流氓兔扑面而来，他肥白，嘹亮，正如 37 年前的我，正如我前世亏欠过的小债主。

我曾无数次设想过第一次相逢，但此时我竟未喜极而泣。我只是摸出手机拍了照片，从护士手里接过推车，如同尘世里再寻常不过的一次偶遇，如同唏嘘的人海里再简单不过的一次对视，或者重逢。

和自己下的那枚蛋不能分离

当岳麓山的枫叶红了,当橘子洲的橘子肥了,我决定送流氓兔返回岭南,闪避一下即将到来的冰雪隆冬。君子不立危墙之下,肥仔逃向温煦之乡,这实在无关悟性,仅仅是一种本能。

离湘前夜,我下了夜班给流氓兔换尿布,他四脚朝天滋了一泡尿,竟滋到他自己脸上,连头发都湿淋淋的。幼齿赞曰:"真是沾衣欲湿杏花雨啊。"

想起这娃自打安居在娘胎里,我就没离开过他半步,而他亦不曾离开长沙半步,这样的别离于我终归猝不及防。

在此后的若干个清冷的寒夜里,我下班后将听不到他霸道的啼声，闻不到他懒散的奶香，天台上亦不再飘摇着万国旗帜般的婴儿衣裤，岁月何其凄惶。

一路逶迤南去，途经衡阳，想起衡阳雁去无留意，途经兴安，想起湘江之战，心想人生无非是离别，或者厮杀。

流氓兔的外婆抱着他，只要逢桥便往外扔钱，说是宝宝日后长大了跋山涉水都会平安，我扶着方向盘戏谑道莫非此乃路桥费，心里却知这是祖辈替孙辈的祈福。

路过红水河时，我亲手往车窗外丢了硬币，对咿咿呀呀的流氓兔说，你爹在这条河的水电站工作过呢，幸亏叛逃得快，否则哪会遇见你娘，又哪里会整出你这个兔崽子。

第一站是我外婆家蒙山，洪秀全永安封王之地。疲倦恍惚的我驾车迷途三次，从清晨到黑夜，仍跑在路上，想着年近百岁的外婆和一家老小都在饿着肚子等我们，我发狠在乡村公路上开到了 100 迈。

流氓兔在车上望苍山远去，望铁幕般的长夜被狞厉的车灯划破，却不哭不闹，我内心里有无限怜惜，这个两个月的孩子，跟他爹一样，都是漂泊的命，都是能吃苦的命。

我的外婆佝着腰，守候在这一年的深秋。半年前她病重，我在电话里让她挺住，我说你的曾外孙很快要出世了，我要带他来看你。外婆终于挺过一劫，她和我都实践了诺言。

在南方的中国，生于民国六年的外婆，抱起了生于西元

2011的流氓兔,外婆和流氓兔都是"10后",只是相隔了94年,这94年,浓缩了战祸、饥荒、贫瘠和离乱。

当我抱着流氓兔离去,30多年前曾抱着我哼童谣的外婆已经没有力气下楼,她哀伤地望着我们消失在滚滚烟尘里,如同欢送一队背着长枪的过客。

我的母亲趴在窗台上,眺望着这一年的深秋,等待着我们的归来。10多年前母亲就催我早点结婚生娃,时至今日我才第一次把这坨小肉团抱到她面前。母亲送了一件珍贵的礼物:37年前裹过我的泛白毛毯。我竟不知她珍藏至今。

我悠闲地翻族谱找流氓兔的排辈,我的祖上本是广东兴宁府人氏,道光年间逃难来广西当农民,而我又往楚地去,将来流氓兔更不知朝哪一省哪一国进犯,未来的血脉只怕已无从觅祖,唯有将这条破毛毯一代代传下去。

毯间凝结的陈年童尿里,有DNA,有迁徙之路和岁月之弧,正是一张可以在冬夜里取暖的家谱。

我重回长沙觅食。幼齿带流氓兔送我去机场。我在安检口紧紧抱着流氓兔,忽然想起他出生的第一夜,我也是这么抱着他。

那时他鬓间仍有未拭净的血迹,眼睛还没睁开,我一勺一勺地喂牛奶,他摇头晃脑吧嗒吧嗒地喝,手术后失血的幼齿不能动弹,躺在床上无力地望着我们。

在盛夏的长沙，孤灯昏黄，星夜清明，这世间似乎只有我们仨的呼吸。

这个秋天，我强撑着病体驾车千里把流氓兔送回岭南，他看不懂我的悲伤，但我离去后他一直眼泪汪汪地啼哭。

当我独自回到长沙清冷的家中，望着空荡荡的床和童车，想起许多个长夜里无法见到他高举双手欢睡在梦乡，无法撬起他肥沃的小腿换尿布，忽然又如年少时一般，眼眶湿润。

有外婆，才有澎湖湾

　　三十年前产于故乡的木材缓缓合上，遮住了外婆在尘世的最后面容。

　　我携妻带子，从暴雨滂沱的湖南驾车千里，正是为这最后一面而来。我的祖辈凋零得早。祖母60年前死于伤寒，葬在了五岭之巅；外祖父30年前病故，正值母亲为我生日去街上买点猪肉被卡车撞伤住院，全家无法回去奔丧；祖父22年前倒仆于故乡的火塘时，我正在几千里外的福州期考，家人甚至没告诉我。

　　我从未参加过祖辈的葬礼，这唯一一次便是最后一次，我得过的祖辈疼惜甚少，而外婆正是将我带大，最疼我的祖辈。

我驾车过衡山时，看到路牌，想起外婆此生唯一离开广西，便是来衡山拜佛。一路雁南归，过衡阳永州桂林阳朔，熟悉的喀斯特山河扑面而来，车过荔浦，离外婆家蒙山仅几十里路时，我忽然视线被打湿，手足冰凉，只好停车，蹲在广西的稻田边，流着泪默默地抽了一根烟。

我带着流氓兔给外婆磕头烧香。两年前流氓兔仅两个月大时，我带他回蒙山给外婆看，外婆疼爱得不行，现在想来，竟是最后一面了。

今年春节本想绕道去看外婆，但由于种种缘故，往后延期；上月听说外婆已经失忆，我准备今年国庆去看看她；直到上周，幼齿听说我要去临近广西的永州出差，还说不如她随我顺道去蒙山看看外婆，我说公事和私事莫要混淆。

如今想来，我太相信外婆的生命力了。外婆年过九旬时摔断过肋骨，竟奇迹般长好，所以我总信她永远都会在门口笑盈盈地等我。我至今想不明白，为何这一次，她竟在棺木里睡着了，亦不知还能否听到一身泥水的我的号啕。

外婆走得是极安详的。那夜傍晚，舅妈去做饭，一转身，96岁的外婆就静静走了，身畔无人。想来她是不愿惊扰子孙的。

我最小的表弟，也是外婆最年幼最疼爱的孙子，几天前刚从重庆飞回来陪了外婆，结果前脚刚回去上班，外婆后脚就仙逝，想是见了最牵挂的人，她很心安。尘世里最让人惦念的事，原本少得不能再少。

暴雨倾盆的广西午夜里，守灵的人们都已疲乏睡去。我和母亲聊民国往事，外婆在一边静静听我们倾谈。

母亲是五个兄弟姐妹中最能读书的，外婆决意供她上学，所以母亲年幼时就赤脚走在蒙山的寒冬里，跟外婆去割8角钱一百斤的草，挑到石灰窑卖，如果石灰窑恰巧不需要，便要挑到几十里外的其他石灰窑。

如此艰辛微薄的收入，凑齐了母亲的学费，令她读完了师范，从乡村去到县城。我知若无外婆昔年之含辛茹苦，母亲定然无法摆脱种田放牛的命运，而我亦无法走向更苍茫的中国大地。外婆不仅背过童年时的我，也背起了我后来的命运走向。

我今生的波折，外婆不知。她只知我在比秋天更远的远方不停飘荡。我在北京时，她问我天寒地冻怎么熬得过去，我再次离开广西时，她只忧伤地望着我。我没法解释这样的尘世流离，只好不说。

两年前的最后一面，我跟外婆说："小时候，你说我脚食指比拇指长，是劳碌相，如今我的崽也是这样，你说他以后会如何？"外婆淡淡笑着，说："我不记得了。"我知她心有祈福，只愿说吉祥之话。

外婆生于民国六年的乱世，与肯尼迪朴正熙同龄，见过无数的风云更迭。她的坟地在夫家孔氏的旧时深山密林。

去新坟上香时，母亲告诉我，日军进犯蒙山时，外婆把襁褓中的她放在箩筐里，挑回这里逃难。穿着黄衣的日军扫荡，持旗沿着山下的小河傲然而行，藏在山林中的母亲扁嘴欲哭，外婆说别哭，等下鬼子会听到，边说边把红薯干塞在母亲嘴里，母亲木然嚼着红薯干，再不哭闹。

母亲那一霎若哭出来，只怕亦无今日之我了。

外婆下葬后，我独自来到外婆家外几百米处的梁羽生公园。几十年间的城市化进程，已经让我很难回忆起童年时的外婆家记忆。当年的贫瘠河山已经变成艳俗霓虹。

我缓缓走在旧时外婆牵着我的手曾走过的山路，途经盘旋的七彩瓢虫，途经佝偻着腰的很像外婆的青衫老妪，神情恍惚。

我仿佛望见外婆抱着肥胖的我喊"谁在下面扯脚"，望见她佝着腰在烟熏火燎的灶台煮猪潲，望见她慈祥地喂我吃糍粑，望见她在过往的百年中国大地上，拉扯着成群结队的子孙走过田垄，然后嘟哝一声"走乏了"，在树根沉睡。

她不管我们了，她真的不管我们了，只留下我们在这斜阳里，在这暴戾粗莽的俗世里，各自挣扎浮沉。这人世，忽然万籁俱静下来。

陈晓卿,那个曾想替我掏嫖资的人

这两天朋友圈被刷屏了,因为一个叫陈晓卿的人。

他离开央视了。

陈晓卿是《舌尖上的中国》的总导演,我认为他的离开有利于净化央视的作风——CCTV 终于不会深夜放毒、专播那些令夜班人士深恶痛绝的片子了。

这不是假话。先前在报馆时,我的同事们都最恨《舌尖上的中国》这个片子,那时该片还没上黄金档,总是深夜播,这对于夜班狗是极其残酷的。

初识陈晓卿,是 2005 年我北漂时,他托熟人邀我吃饭。他常看《南方体育》,大概以为我是个狂喷段子的趣人,不料流氓原是个沉默寡言的人，只顾闷头吃肉，间或掏出小本子把他们在饭局上讲的段子记下来，一转头写到下一篇专栏里去。

他一定很后悔认识我这样的朋友。

陈晓卿最大的辨识度，是黑。我们在京城傍晚的小巷馆子相遇时，我只能望见两排雪白的牙齿从远处飘过来，相当灵异。

灯光师使出吃奶的力气，终于照出此人大致的五官。

对此我有心理阴影。我一直没有去非洲旅游的计划，你想吧，遍地酷似陈晓卿的黑小孩，牵着我的裤腿喊刘叔叔好，若是每人发一个红包，我得破产。

陈晓卿曾经差点掉进电话诈骗的道儿。这说明拍纪录片的人很是纯洁。

2005年冬天，有个男人打电话给陈晓卿，说："我悄悄蒙上你的眼睛，让你猜猜我是谁。"陈晓卿说你是刘原吧，对方说嗯。那男人压低声音说："我在上海碰到点急事，你快给我汇五千块过来。"

于是，一根黑木桩就在工行的排队长龙里向前缓慢移动了。排到一半，黑木桩掏出手机给王小山打电话，因为王小山和我都在搜狐，王小山说刘原那厮此刻正在我几米外埋头干活啊。

事后陈晓卿说，他以为我在上海嫖娼被抓了，或是碰上仙人跳了。为了掩饰他的纯洁无知，他还抵赖说那骗子有福建口音，像我。我愤怒地说："伦家昏明是岭南口音嘛。"

需要说明的是，此时我和陈晓卿不算太熟，大概见过三四次吧。倘换了我，决计不会给一个萍水之交这么热心地付嫖资。

陈晓卿的做派不像 CCTV 的人。许多年里，电视圈的许多人，跟我们这些报馆中人，都尿不到一壶。他们总爱在同行面前鼻孔朝天。那年头电视还是第一媒体。但陈晓卿没这坏毛病，特别谦逊。

他组的老男人局，都是一群卧龙岗上的闲散之人。而且令我失望的是，老男人局真的全是老男人。离香艳十万八千里。经常出现的只有一个姑娘，叫非非，是我的广西老乡，工作是帮潘石屹捉刀写博客。她住通州，经常赶到饭局时只能望见一桌剩菜，然后啥都不吃，托着腮听这班油腻的老男人天南海北胡侃。

所以有一次我对陈晓卿说："你写美食，我写美色，其实都是一种虚假的热爱，我们都已经丧失了年轻时的欲望。"

他沉吟着说："其实我吃的是人。意思是，吃什么不重要，和什么人在一起吃最重要。"

我一直认为，中国最后一代美食家，只能出自 60 后。因为他们痛彻肺腑地饿过。

如我们70后，虽然饿过，但不算久，很快迎来了改革开放，营养还算跟得上。而50后，虽然饿得更惨，但他们已进入暮年。至于80后，写美食都跟遛鸟似的，纯粹把玩，哪来食物与生命的胶着之痛。

所以，唯有60后，他们都是饿鬼投胎。

几年前，我操持报馆的一个活动，把陈晓卿拽了过来。长沙的饮食大鳄们云集台下听他讲座，拼命拉他去自己的餐馆里试味，都是顶尖级别的湘菜水准。陈晓卿只礼节性地说这菜好，这菜也好，这菜同样好。一散场，他就让我拉他去长沙老城区的百年小馆。

呼噜噜吃了几碗米粉。双眼迷离。难怪贾葭说他是苍蝇馆子嘴。

几年前，我回广西过年，陈晓卿恰好带着儿子陈乐去南宁。

记得2006年我回南宁办婚礼，陈晓卿从北京飞来，婚宴上还拨通陈乐的电话，奶声奶气的陈乐祝我早生贵子。一转眼十年，陈乐已经是一米八的大小伙了。

席间聊起养猪心得，我说流氓兔太瘦小，正苦恼如何令他壮硕。陈晓卿如灯塔般指出：每天灌娃儿喝一瓶牛奶，当年他家冰箱永远有牛奶，陈乐一回家就喝。

我还真当成了畜牧秘笈。直至后来看到陈晓卿的全家福，他1米79，他爹和他差不多。这，分明是遗传的力量啊，跟牛奶没有关系啊。

我知道，陈晓卿为陈乐操了无数的心。就像如今的我，每天傍晚一手抱着流氓猴，一边辅导流氓兔学语文数学英语。我们都曾经心怀天下，但我们都活成了自己曾经不屑的模样。

这便是所有中年男人的缩影。

说来你可能不信，一脸饕餮、焕发着地沟油光芒的陈晓卿，曾经很靓仔。

多年前他在MSN上写博客时，我见过他的大学标准照。长安街上的一万次日出日落，将英姿勃发的少年摧毁。

年轻时的陈晓卿，有点像涂了鞋油的许亚军。

谁不曾靓仔过，谁不曾白衣飘飘过。每一个满头白发、面容浮肿的老男人，都有过横刀立马的青春。

其实，陈晓卿倾注心血最多的不是《舌尖上的中国》，而是《森林之歌》。那个拍摄真叫艰苦，摄制团队为了拍摄西北的野生动物，长年累月蹲守在大漠黄沙里，呕心沥血地拍动物交配，搞得自己都没了夫妻生活。但那个片子没红，玩票般的《舌尖上的中国》倒成了爆款。

想必陈晓卿心里也只有苦笑。

陈晓卿的经历跟我有些类似，都是小县城出来的孩子，都是教师子弟。最大的不同是，他早年在 MSN 上写的故乡地理，都温情脉脉，而我笔下的故乡，都狰狞而肃杀。但我们并无本质不同。他是不忍述说，我是忍不住述说。

我们都是不曾在长夜里痛哭，只是在深夜里失眠辗转的，被时光之手摧残得面目全非的老男人。

四海携娃对夕阳

自从流氓兔出生后,兔妈就老念叨着要添个女娃儿。

要就要呗,谁的肚皮谁做主。这种小事,一般都是兔妈拍板的。至于山河社稷,才是兔爸说了算。

念念不忘,必有呱呱回响。上周五半夜,我正抱着头琢磨剧本,兔妈忽然阵痛,我赶紧送她上医院。

一切都有条不紊。各种检查,各种签字,各种程序,作为老司机的我们都从容不迫。医院还是那家,产房还是那层,手术室还是那间。我把兔妈送进手术室后,轻松地在廊桥上坐定,不再像6年前那样手心冒汗。

清晨的阳光从云翳间流下来。隔着厚厚的铁门，我听到了嘹亮的啼哭。我知娃儿来了。

又是个男娃，流氓猴。他的眉眼，和我6年前在这个廊桥上遇见的流氓兔完全是一个模子出来。兔妈不愧是金牌复印机——这外号是她的同事们起的。

前些天有个老太太见到兔妈，盯着她的肚皮看了一会儿，说："你准备买房吧。"好咯，我继续努力挣钱。

不管男娃女娃，都是上天赐予我们的。我们都疼爱，都珍惜。前世得有多深的缘分，今生才会投胎到我们怀里。

兔妈照例插满管子躺在病床上，我照例给孩子喂了第一口牛奶，一切如同6年前。那年我初为人父，易感，惶恐，如今麻利娴熟，比月嫂还月嫂。只是，连续36小时不眠不休之后，走路都打飘，毕竟是奔五的人了。

有一晚，我半夜饿极，溜出来觅食，望见医院隔壁正是我初到长沙时第一次住的宾馆，而医院斜对面正是我效力多年的报馆，这些年间流离漂泊的碎片，忽然在肥白的圆月下鱼贯而来。

过去这一年，我比以往的任何年份都疲累得多，最大的动力来自两个孩子。我和兔妈都属于物欲很淡的人，对骄奢生活毫无兴趣，本可过闲淡的生活。但有了俩娃儿，就得让他们吃饱穿暖，接受良好的教育，帮他们寻找一条破羉之路。

这才是人到中年的真正压力。

这世道冰冷残酷，宝相狰狞，朋友们风流云散，自顾不暇。能够支撑我们前行的，是血缘和亲情。所以，感谢孩子，让我重新焕发生活的动力。

在漫长的冬夜里，精力旺盛的流氓兔上蹿下跳，吃饱喝足的流氓猴沉睡梦乡，而夜不能寐的我，再也不思忖世界往何处去，只思忖娃儿们往何处去。我们是盛世的浮萍，是寄居的客家，是长夜的旅人。我的孩子，理应撞见阳光，撞见辽阔。

流氓兔出生时，我是一个报人，一个专栏作家；流氓猴出生时，我是已经专栏封笔的江湖浪人。作为一个码字佬，写下这点文字，权当寒夜里的篝火，欢迎刚来到这茫茫人世的流氓猴，亦献给我同样深爱的流氓兔，愿他们健康平安。亦要谢谢他们，让已经在凉薄尘世里日益冷漠坚硬的我，心底尚有温暖和温柔。我想牵着他们，游荡四海，去看不同的夕阳。

穿过我的白发的你的手

如你所知,原叔老了。

老得已经很多年没勾搭过妹子了(战战兢兢写下这句,是因为兔妈刚手持剪刀路过并瞄了一眼我在写啥)。

但我一直没停止过勾引男人,譬如,像老克这样的男人。

过去这十年,老克时常勾引我:来南京玩,这里有盐水鸭,有李香君故居。我亦勾引他:来长沙玩,这里有口味蛇,还有青楼博物馆。

2017年初,流氓猴出生,老克预备飞到长沙看望我们。我当时左手抱着夜啼的猴儿,右手赶着剧本,忙得昏天暗地,生怕怠慢了老克,于是约他另外择时再聚,这一滞,便是

3年。

进入2020，时光渐趋苍凉，我和老克在微信上时常互相提醒着防范疫情，多囤米粮，关注洪水。有一日，我看到他在朋友圈里晒出秦淮河暴涨的水面，心底忽然一沉：在这命运多舛的世道，我们需要重逢，趁彼此还活着，多聚一次算一次。我在微信上抓紧了对老克的勾引。

终于，我们在长沙黄花机场拥抱。老克的夫人素少出门，这次破天荒同行，而我们亦倾巢出动，全家赴机场迎接。

俩娃儿无须动员，欢天喜地帮推着行李。2002年的冬夜里，我与老克初见时，还是个光棍，18年后，已经是两只小神兽的爹。而老克，也从父亲变成了祖父。时光把我们的鬓角刷白。这一天恰好是一战爆发的纪念日，有劫后余生的感觉。

老克动身的前夜，在朋友圈里发了许多我当年在南京和北京的老照片。我都几乎忘记自己黑发时的模样了，自己平素不爱照相，倒是老克，过去这18年一直记录着我容颜的变迁。

若是没有老克，我早在2002年就封笔不写了，那年恰好从《南方体育》跳槽《南方都市报》，本来这是"289大院"的内部流动，但南都却规定无论是谁进来都必须领仨月的实习工资，到顶1200元，我在杨箕村里哪活得下去。这时老克从南京专程飞来约我写稿，我虽已极度厌恶码字，但饥寒交迫之际，瞌睡时老克送上了大枕头，我从了。

2008年去南京那次，老克安排我们住中山陵8号的许世友故居。我和魏寒枫同房。那夜我在紫金山缥缈的夜雾中，和魏寒枫聊了我今生遇见的许多灵异故事，聊完翌日我背起行李就跑了，剩下魏寒枫独守空房，他忆起各种怪力乱神，总觉得民国诸君在深夜里敲门，吓得一夜未眠。

更早前的某年，我和老克走在紫金山的僻静山道上，老克忽然说起经历此处的9路公交车的鬼故事——"深夜，三个清朝服装的人上了9路末班车，车上一个老太太忽然拽着一个小伙子说他偷了钱包，硬拉他下车，然后告诉他，刚才那仨人没有腿，是平移着飘到座位上的。翌日，这辆南京的公交车坠落在安徽的山崖下……"时值炎热正午，我却浑身毛孔收缩，恍惚中老克也穿上了清朝官服，笑眯眯地在我们身边飘移。

我对南京之热爱，至少有一半来自老克。

多年以后，我们都老了。你们再也看不到满头青丝的原叔。

老克是南京头号金牌导游，每次带我在他的地界上游荡，总会说这是谁谁的旧时公馆、那是汪精卫挫骨扬灰之地、某条路是奉安大典主干道。这次他来到长沙，我却只能当蹩脚的地陪，在岳麓书院蹲一下，坐小火车在橘子洲头拍个照就跑，我的解说词也巨俗："那是天马山，西汉长沙王墓葬群，传说埋着 2 亿两黄金，是天下盗墓贼的眷恋之地。"

老克只微微一笑。他带我逛过南京明孝陵，朱元璋的墓更难盗，里边的珠宝更是无价之宝，那是 20 亿两黄金都买不到的。

长沙的历史当然不能和六朝古都的南京比，但在近代史中，两座城却有无尽瓜葛与勾连。南京屡屡被屠城，其中一次就是葬于长沙南郊的曾国藩干的。民国那部《国葬法》，其实是为葬在岳麓山上的蔡锷量身定做的，山上有四座坟系国葬待遇。若无长沙衡阳常德的数次惨烈会战，国民政府怕是早就亡了。

在中国，民国痕迹最重的两座山，无疑是紫金山和岳麓山。我和老克拾级而上，心有苍茫。

老克的行程紧，我没法带他看文夕大火里全长沙仅存的文庙坪牌坊，曾国藩在靖港的投水之处，杜甫乘船北去的渡点。解放西的酒吧也已萧条，我只能带他体验一下网红地文和友，你排个队叫号都是 10000 号以后的地方。

文和友本是长沙最繁华的地段，却设计出 20 世纪七八十年代的韵味。老克被搞得很恍惚，仿佛坐上了时光穿梭机，在 1980 年的高邮老宅里接待我。餐厅包厢的场景，我和老克都再熟悉不过。我们都曾是小城青年，都出身教师家庭，都在广州独自漂泊过。当年我一下班，回到出租屋里就首先打开电视，其实我并不看，只是屋子冷寂凄清，我需要点噪音陪伴自己。

相似的成长背景和流离路径，是老克和我特别投缘的重要原因。20世纪九十年代末他从广州回到南京，几年后他在南京珠江路上的报刊亭里买了一份《南方体育》，看到我那篇成名作《丧家犬也有乡愁》，瞬间被记忆的子弹击中，他激动地在珠江路上走了几个来回，然后就飞到珠江边找我了。

过去20年，老克总会穿越半个中国来看我。我们在广州杨箕村的紫荆山酒吧喝酒，在北京中关村的雪夜里喝酒，后来，我在南宁捅出了一个大娄子，他恰好率团去看我，我上班做完检讨，夜晚就陪他们狂欢，戏称"白天过鬼节，晚上过春节"。我们都见证着彼此人生的每一场骤雨，每一次宿醉和告别。

所以，老克这次来长沙时，我这个烂导游虽设计了无数观光路线，他却说："我来是为了和你聚，风景是次要的，我们在一起喝酒聊天比什么都开心。"

于是我们径直开车往张家界去，一起发浪。就像十多年前，他带我去他的高邮老家，看芦苇荡。

夜宿张家界的碧桂园凤凰酒店，风光旖旎。日暮时分，善解人意的服务员唰地拉开包厢落地窗帘，窗外的壮丽江山令老克瞬间抛下筷子，跑出去拍照。

我当然也拍，就是重口味一点。只拍擎天一柱那种山型。

编过我多年专栏的老克和我心有灵犀，那天去武陵源，我开着车忽然亢奋地喊："老克快拍照！"坐在副驾座上的老克眼疾手快拍了下来。我说："快发给放牛，这山好壮阳啊。"

于是，我们共同的好友都市放牛，在千里之外的南京看到这张图，丹田一阵温暖，他扶着墙慢慢地站起来，打电话约一群比他小三十岁的美女，到他和张嘉佳一起开的"从你的全世界路过"餐厅酗酒。

我们就是这么奔放，就是这么老夫聊发少年狂。一边狂，一边在眼角淌下几滴岁月的忧伤。

流氓兔有一阵写作文很不上心，我是这么鞭策他的："你爹我是怎么写作业的？别人最多一个小时写出的千字专栏，我要花好几个通宵。我的所有对手都是中国文字最好的写手，但凡自己写几篇烂文章，马上就会被淘汰。老克伯伯和我关系够铁了吧？但我如果质量不行，他也肯定会淘汰我的，包括别的报刊，你只要写烂一篇，马上就出局。"

这不是唬流氓兔。老克据说有个小本子，收藏着上千个作者的联系方式，据说美女居多，所以老克睡觉时都压枕头下。放牛眼馋了很久,多年以后终于成功盗来,打开一看就哭了:里边全是陈年的 BP 机号码。

BP 机号码会消逝,美人容颜会枯槁,世间哪有什么海枯石烂。

包括眼前的盛世峰峦,你以为它会永恒吗?

我此前曾吓唬老克:"张家界的山,看着鬼斧神工,其实很脆弱的,万一碰到地震,这些重心不稳的山没准全垮,所以你得抓紧来。别忘了九寨沟的教训。"

珍惜眼前,是我和老克彼此心照的共同念头。他已年过花甲,以后再来张家界的机会不会太多,素少出远门的克嫂和他再度重游的机会更是微乎其微。所以一路我都在催促他们多拍照,还督促流氓兔多给他俩拍合影。

老克对克嫂是极体贴的,手机里估计一半照片都献给了夫人。在袁家界的连心桥上,他顺手推克嫂到桥边准备给她拍照,没想到克嫂惊恐大叫"你别推我"——她有恐高症,而脚下正是万丈深谷。我坏笑着说,她在那一霎肯定是想起了泰国的杀妻案,那个中国丈夫就是趁妻子不备把她推下悬崖的。但老克显然不会,克嫂烧得一手好菜,没了她,不下厨的老克岂不是要饿死。

我一路都掐着点催促他们走快点,这很残忍,但我是像导游一样计算时间,希望领他们多走几个景点。终于明白当年在南京时为何老克带我去玩总是火急火燎的样子，他也是想让我多看些风景。

我们都已望见人生的暮光，所以尤其珍惜眼前人、眼前景。我和老克共同的好友、天才画家韦尔乔，生前最后一次和我通电话时，结束语就是"珍惜眼前"。几年前，我途经哈尔滨，特意去皇山给他敬酒，在墓前放上那本他为我配插图的《丧家犬也有乡愁》，我还用免提给老克通电话，泪流满面地听他絮絮叨叨地和长眠的尔乔聊了好久。

都是白驹过隙。都是过眼云烟。

从袁家界到了天子山，流氓兔在御笔峰的石刻前，照着笔画练字。

我忽然鼻子一酸。

2009年，我和兔妈决意再次背井离乡，当时有好几个选择，不知去哪儿好。龚晓跃约我来湖南散心，直接送我们到张家界。我走到这里时，被这片山河彻底震慑，于是对当年还叫幼齿的兔妈说："我们移民到这里吧。"

于是，两年后出生的流氓兔就成了湖南仔，从小必须吃辣、必须苦读的湖南仔。他不知道，正是此处的山峦、此时的斜阳，在阴阳差错的世道里，铺就了他此生的出处。

年初疫情最严峻时，我和俩娃儿闭门不出。当时在天台上，在暮春细雨中带着流氓兔读《民国语文》，读新学期的课文，为了拉近他与课文的距离，每次读到汪曾祺的时候，我就说："老克伯伯和汪曾祺的家人很熟，下次你多问问他关于汪老的逸事。"读到叶圣陶时，我就说："叶圣陶的孙子叶兆言老师也是著名作家，和我也熟，下次去南京带你去见叶伯伯。"

没想到这次见到老克，流氓兔根本不和老克聊汪曾祺，他只带着3岁的流氓猴在老克套房客厅里的沙发上翻跟斗，间或竖着耳朵听我们聊天。他和老克有一种天然的亲昵，有一晚，甚至抛弃爹娘，跑去老克房间的客厅睡了一觉。

最后一天的旅游，我们先是来到武陵源的金鞭溪。这里野猴多。老克伉俪属猴，我家流氓猴也属猴，三只家猴和野猴来一场联谊。

此处出没的野猴，比几年前我来的时候，少了许多。

据说早前因为野猴繁殖过快，景区在投喂食物时，添加了避孕药。放药也是逼不得已，这至少比教猴子使用杜蕾斯更可行一些。

好在溪涧之中，林荫之下，还能遇见一些猴子。

九岁的流氓兔问我："这两只猴子怎么了？"我感伤地说："大猴子受伤了，瘦弱的小猴子正背它回家，嗯，你听说过那句话吗？"

兔少问："什么话？"

我说:"这世上哪有什么岁月静好,都是有人在替你负重前行。就像这俩猴。就像你蹦蹦跳跳玩得爽翻天,哪会注意到你爹正背着一大包粮草和饮料跟在你后面。"

这次游张家界,我真切地感受到自己老了。去年夏天,我还能把二宝扛在肩上,爬上两千多级台阶的庐山三叠泉,如今因为疫情大半年没长跑的我,抱着沉睡的二宝爬山时,腿已经哆嗦了。

老克也老了。许多年前,他带我爬紫金山,快得像旋风,现在也依然是风,却变成了和煦的春风。但我们依然竭尽全力地攀爬。其实我和老克的体力,尤其耐力,只怕远胜于许多不锻炼的年轻白领。好在我们人老心不老,两个老同志,还有两个10后,童叟团比许多吐着舌头歇息的年轻人跑得还快。

人生比的就是耐力。老克作为高邮成长的文青,以前只写稿不出书,临退休时厚积薄发,哗啦啦一口气出了许多本书。谁说出名要趁早来着,大爷爱什么时候出名就什么时候出名。

俩娃儿的体力也超乎我的想象。从岳麓山橘子洲到武陵源天门山,我们连续多天在烈日下长途徒步,他们居然也能扛下来。流氓兔的短跑已经达到大学男生70多分的水平,自不必说,连3岁的流氓猴都从不喊累,像一台亢奋的永动机,只要他醒着，就没要我背过。

老克夸我带娃儿带得好，孩子们体质不错，我跟老克说，过去这两年，我给俩娃儿提供了最好的伙食、最充足的肉菜，因为不知未来的年月里会不会有饥荒，倘若命定要遭遇饥馑，那么我在还有能力给他们买肉时，给他们多提供一些蛋白质，也算尽了父亲的责任。他们若是碰上饥寒交迫的年月，至少还有关于鸡腿排骨小龙虾的童年回忆。但我同时保持了凌厉和严苛，流氓兔掉米剩饭时，会受到惩罚，这是让他明白：珍惜一粥一饭，在艰难岁月里，一碗饭就是一条命。

在山巅，老克牵着流氓兔去走了悬崖上的玻璃栈道。逛完天门山寺后，为了节省下山时间，我们必须坐一段山顶之间的观光索道，去赶下山缆车。

没想到这是我今生坐过的最惊险的露天索道，风景奇美，但脚下全是幽深的万仞峡谷，掉下去没命那种。我不敢去掏手机拍照，担心抓不稳掉下去，更重要的是，我的手得紧紧环抱着好动的二宝。云雾和晚霞同时打在我脸上，我大气都不敢出。

老克后来说，当我把流氓兔塞到他手里时，他突然想起了2008，那年汶川地震，岭南据说也会有大劫难，我当时把全版书稿发给了他，嘱托他，我倘逢不测，留下这文字在世间。如今我把最疼爱的长子交给他，这是多么珍贵的生死相托。

但他们的代价是：克嫂有恐高症，独自坐这露天索道简直要命，她是横下必死之心坐上去的。

我们是以一生的信赖，来完成这一场生死托付。

从天门山下来时，等缆车排了一个多小时的队，二宝困倦地睡着了，已成强弩之末的我，为了省力，半蹲着把这肉滚滚的小神兽放在腿上。旁边的游客都用尊敬而同情的眼光看着我，估计心里都想：这个当爷爷的带孙儿出来玩一趟真不容易啊。

老克从我怀里抢过二宝，说让我休息一下。

这就是江南的老暖男。

就像 16 年前，他陪我游荡在江苏各地的大学巡回演讲，每到一地，东道主晚宴必有大闸蟹，他总不吃自己面前那份，悄悄打包起来。当我回房间熬夜赶专栏时，他把本属于他的那只母蟹悄悄地放在我的电脑边。

就像 11 年前，我再度背井离乡前，带两家老人一起游江南。老克知我心境苍凉，委托他在不同城市的好友们沿途接待，给予我最高的礼遇。我今生见多了笑脸和逢迎，亦见多了恶语和白眼，心里跟明镜似的。患难中的友情才是真侠义。感谢那一年的老克，那一年的龚晓跃。

在大凶的庚子年，我和老克穿过瘟疫和洪水重逢。在世道的暮光里，在时光的渊薮里，聚一次便少一次。

流氓兔跟老克感情特别深厚。四年前在南京的酒吧里，和老克告别时，四岁多的他忽然放声大哭。那天我驾车从张家界直奔长沙黄花机场时，沿途山河历历，白云怒放，他却又在后座抹眼泪，在机场检票口老克抱起他合影时，他的眼睛也是红的。我在想，孩子其实是通灵的，他能感触到爱和情义，还有慈悲，以及，父辈的生死之交。

那天，老克伉俪的身影消失在机场检票口，他走得有点慢，再也不是那个风一样的动如脱兔的男子，他也没回头，或是不忍看从少年到白头的我。

2009年，老克领我去废弃的南京浦口车站，重温朱自清的《背影》。我模仿朱父的样子，蹒跚着走在铁道边，像胖子一样费力地爬上月台。老克拿着他的单反不停地拍，说"怀里要是有一堆橘子就更好了"。那时的我们嘻嘻哈哈，哪会想到命运早在我们鬓角标好了刻度。

那么，便互道一声珍重，像两滴无声的雨，在长夜里各自落荒而逃。

辛丑年里,我流完了一生的眼泪

冬至之夜,我买了一只清远鸡做白切,祭祀了祖先,然后教 4 岁的流氓猴读书识字,再辅导 10 岁的流氓兔奥数题目并探讨了文科理科工科的差别以及未来的发展方向。一切迹象都表明我骨子里是个尊重传统、重视教育的客家人。

客家人还有一个传统,是忠实地、不加任何修饰篡改地向后代讲述自己的经历,我的父母都是客家血缘,他们的叙述构成了我的人间记忆。

所以,我决定从冬至夜开始,开始录入 2021 的悲,没有欢。这一年,毕生难忘,我实在不愿写,可是,我不能不写。再不写,多年后长大的俩娃儿会忘记这年发生过什么,而届时老年痴呆的我，更无法记得。

在地裂山崩之前，在斗转星移之前，在须发尽白之前，在阿尔茨海默之前，我想留下一丁点，关于辛丑年的文字。算是荒原上的几朵野花。

01

2021年的大事，挺多的。

其实我的视野不曾错过这一年里的任何一件大事，但它们多数都被我的大脑皮层格式化了，能残存的都是2021那些关乎生死的瞬间。

2021年1月的最后那天，我驾车回了南宁。翻了下当时的微信，我记录的都是各种菜单，乳鸽汤、白切鸡、柠檬鸭、酸辣大肠。在父母家，我的任务就是当好厨子。在过去的几十年里，都是母亲操持厨房的事，而今她病重，轮到我挑起这个担子了。

母亲服用了几年的靶向药物已经出现了耐药性。我们都知道这意味着什么。

我竭力把每道菜做得美味。其中的一道菜是豆芽炒猪肝，这是1983年母亲第一次从故乡带我来南宁时，半路在柳州吃过的菜，她早不记得了，我却记了几十年。我的锅铲里有许多伤逝。

我会打麻将,但却历来毫无兴趣,以往都是流氓兔陪着爷爷奶奶三个人打。但今年春节,我破天荒上了牌桌,陪母亲打了几次。不知母亲有没有意识到我的异样。

按照客家的风俗,过年不能说任何不吉利的话。但除夕之前的那夜,我和父母都同时漠视了这个忌讳。

是的,我们谈了生死。我们都平静且坦然,母亲交代了许多事,我都记了下来。

但我还是强颜欢笑尽力逗母亲开心。我和她说:"你知道吗,我刚写的一篇公号文,连刘晓庆都在看,还给后台留言了。"童年时,母亲常带我去看露天电影,电影里有刘晓庆、姜黎黎、张瑜,1981年她带我去县里的水泥厂看过《神秘的大佛》,就是刘晓庆主演的。

母亲微微地笑了笑。

02

人生的惊惶,不是悲剧的来临,而是你明知它已经在路上,但却不知道它什么时候抵达。

2月11日那天是除夕,我驾车去父母家给他们准备年夜饭。途经白沙大桥,想起这是我和从前的幼齿、后来的兔妈结婚时，迎亲车队经过的桥。我犹记得那年的粼粼江水，那夜的喧闹婚宴，以及，母亲第一次拿着麦克风给儿子致辞祝福。那时我发未白，母亲也康健，那时我们都觉得人间是很久远的事。

但这个除夕的午后，兔妈带着俩娃儿熟睡着，困倦的父母也熟睡着，天地如此安静，我系着围裙独自准备着年夜饭，忽然涌起了旷世孤独。

午睡后的母亲蹒跚着过来要帮我备菜，我连忙找张凳子让她坐着，她辛勤了一辈子，终究闲不住。我叹气道："你又不是不知道你儿子的厨艺，何必操心至此。"她说："你离家久了，怕你找不到油盐酱醋和作料。"

除夕夜的春晚，我一分钟都没看，父母也是。我们一直在电视机前聊天，也许是出于血亲的直觉和预感，我们都明白此刻的长谈，比世间的所有歌舞升平更宝贵。

守岁的钟声响起时，母亲拿出两个特别厚的红包，递给流氓兔和流氓猴小哥俩。我坚决地拒绝，说你要治病花钱，不能给这么多钱。母亲说这是给俩孙子读书的钱，必须收下，她边说边流下了眼泪。我亦不忍，抽出了几张钱，说只能要这么多。她一脸的怅惘失落。

她心知这是最后一次给孙子们压岁钱了。而我，心里又何尝不知。

因为流氓兔的学校规定从外省回来必须居家观察 14 天才能入学，所以我们必须初二就回长沙。初一深夜我们回兔外婆家，母亲站在窗前凝望着我们的车远去，我远远望着母亲挥手的影子，眼泪忽然落下来，我不知道明年的除夕，还会不会有同样的影子在同样的窗前等待我们。

03

回到长沙才十天，忽然接到电话，母亲呼吸急促，喘不过气，去了医院。

我马上买了翌日的高铁票，因为上幼儿园的二宝没法按时接送，我带着他一起回南宁。

我本以为这是一次暂时性的归途，无须多久我就可以带着二宝回长沙，去看湘江边的油菜花。没想到的是，二宝当了一个多月的失学儿童。我亦再没能带俩娃儿看辛丑年里的油菜花。

南宁的木棉花正在满城怒放，似血红的夕阳。元宵那天，我带二宝在凄风冷雨中上了青秀山，去观音庙里烧香。其实春节前我们回南宁时路过衡山，也去烧过香。世道寒凉，我们心无倚靠，只能祈望佛祖了。

亲戚们都从各地赶来看望母亲，他们每次到，母亲便振奋起来，他们一离去，母亲便沉睡过去。我想起母亲今生没吃过大龙虾，遂托亲戚买了一只越南青龙，照着网上的美食秘籍做了一道。龙虾于我实在不算什么，就那味道，但我只想让母亲尝尝她没吃过的东西，也是不留此生遗憾。

母亲终于下决心做化疗。我背着她去住院，她常规体检时已经站不稳，几天后医生对我说，母亲的病体已不可能承受反应剧烈的化疗，还是出院吧。他叫我在出院证明上签字，我说容我想一想。

我行到楼下，抖抖索索点起一根烟，躲在无人的夜幕里大哭了一场。我晓得无力回天，一切都注定了，我亦知晓唯有我能在表格上去签这个最艰难的家属名字。

抹干眼泪后，我摁电梯准备上去。这时一台电梯抵达一楼，有个医生带着10多个家属模样的人鱼贯而出，他们眼神空洞，呆若木鸡，推着一个空荡荡的担架。我知道发生了什么。

医院是人类所有泪水的集中营。

04

翌日，表姐从母亲的故乡赶来，我们一起接母亲出院。

我叫的士司机绕三倍的远路，走民族大道，南宁最繁华的一条路。母亲在这座城居住了 17 年，我想让她最后一次看看南宁城。车过广西科技馆时，想起 1995 年我毕业前夕，母亲陪我来这里参加人才交流会找工作，在几万毕业生的人潮中被挤得东倒西歪，我唤她在角落等，自己独自扎进了人海。

车到楼下，我再次背起了母亲。几天前，我曾在一天内背着她四次上下高楼去医院排门诊办住院手续，累得差点跪倒在楼梯上，但当时心里是抱着希望的。而这次归来，心里是绝望的，我心知这便是今世背她的最后一程了。

我背着瘦骨嶙峋的母亲，就像四十多年前她用外婆送的土布背带背着我给学生上课一样。我爬着楼梯，眼泪不停地流，但我还要尽力匀着呼吸，不能让母亲发现我在哭。她以为医生说的是待到身体调养好一些了便可以做化疗，其实那是我们骗她的，而主治医师对我说的是，最多只剩两周。

几天后，是我的生日，母亲吃了几口蛋糕。38 年前她带我第一次来南宁时，也是三月，回故乡时她给我买了一个生日蛋糕，那是我第一次见到蛋糕，甚至几十年后还能记得颜色和款式。那一夜，母亲昏迷过去，我心想，倘若她这一夜走，那我今世都不会过什么生日了。好在，天明时，她又缓缓张开了眼。

大姑送来了呼吸机，小姑也从故乡赶来陪护。母亲渐渐不认识人了，我们家说的本是客家话，有天母亲凝视着我，用普通话问我是谁，我的眼泪簌簌地落了下来。某夜，在呼吸机冰冷的振动声中，她忽然在梦呓中说起了外婆家的蒙山话，我知道，她思念她的故乡了，也许，逝去的外婆和三姨在喊她了。

  终于，那个撕心裂肺的凌晨到来了。大脑一片麻木的我，竟然还能在剧痛之时有条不紊地迅速办完各种手续，直到灵车远去，才终于泣不成声。去年武汉疫情最惨痛之时，我看过许多视频，有女儿追着母亲灵车哭的，有妻子追着丈夫灵车哭的。当时作为旁人，只是看着凄凉，如今噩运降临到自己头上，才痛切地知道：人生的至痛，不是血亲离开人世的那一霎，因为你当时完全反应不过来，只觉她或他只是睡着了，但仍是生活的一部分，只有灵车呼啸而去，你才明白，这是永逝，这是永别，这是灵魂和肢体的一部分被永远截断了，此生再也不能再见。

  那天下午在殡仪馆办手续，工作人员问我悼词是自备还是用他们的通用模板，我木然地，有气无力地说："就用你们的模板吧。"

  我已经连续十多天里每日只睡三四个小时，在那一天我已经四十多个小时没合眼，走路都是飘的，大脑像是凝固的糨糊。作为一个写过近千万字的所谓作家，我竟然已经没有力气为自己的母亲写一句悼词，这是多么惨痛的事。

但我知道，母亲不会怪我的。她一直体恤我，叫我少熬夜。

05

2021年的盛夏，我回到了南宁，去践行母亲交代我做的事。

到了家里的楼下，流氓猴照例仰着头远远地大喊"奶奶"，流氓兔抱着弟弟轻声说："奶奶变成星星了，她不会在家等着我们了。"流氓猴忽然神情黯然，再也不说一句话。

我领出了母亲的骨殖。母亲再一次坐上了我的车，从前她是跟着我们四处游玩，有时抱着流氓兔，有时抱着流氓猴，如今，她在坛子里静默不语。我一边尽力保持速度赶路，一边高度警醒着不能急刹车。

下葬那天，我抱着母亲，在烈日下一步一步地走。她怀我时一百二十斤，当运动员拿广西射击冠军时一百斤，临终前八十斤，如今在我的怀里只有十多斤。

她生了我，带我来这世间，而我小心翼翼地将她放进土里。当沙土扬起来，我知道，今生我们再也不能彼此相见了。

我从未给母亲买过花，母亲一生节俭且奉行实用主义，倘若买花她会说我败家。没想到，献给她的第一束花，竟是放在她的碑前。但愿她喜欢。

返程时，我带着俩娃儿，从南宁到母亲的故乡蒙山，再经过她生活了几十年的我的故乡钟山，然后一路北上。这三地便是她的一生所有印记，我是代她重温这一世走过的路。

以前我对生死，只是远观，并无切肤之痛。而辛丑年里的这场劫难，当我真正置身与经历过，才明白每一个人从哪里来，往哪里去。

我对死亡已经彻底没有了忌讳和惧怕。这一年里，进过许多次医院殡仪馆火葬场墓地，见过一拨拨吊唁的未亡人，密密麻麻的骨灰坛，以及林立的墓碑，麻木了，没什么好怕的。这是每一条生命必经的路程，我们可以堂堂正正地凝视着它，就像仰望一颗彗星的来去，就像俯瞰一棵花木的枯荣。

珍惜眼前人，珍惜每天的朝阳吧。早春时，守通宵的我每次看到晨曦，就会想真好呵，母亲又挺过了一个长夜，我又可以多当一天有娘的孩子了。

06

"十一"时，我带娃儿们去崀山旅游。旅行对我而言历来不是重要的事，但今年从肉体到灵魂都遭到暴击，我需要在山水间透透气。

我们在将军石下的扶夷江浮游，在幽深的天下第一巷穿行，在险峻的骆驼峰攀爬，在紫霞峒捕捞鱼虾捉蚂蚱树蛙螳螂变色龙，像一支科考队。

在八角寨的山路上，流氓猴忽然冒出了一句："我刚才看见奶奶了。"我心头一震，问他在哪儿看到的。他指着不远处的一个凉亭，说刚才看见奶奶坐在那里休息。他还对兔妈说："你常说人死了就会变成天上的星星，那是不对的，奶奶还在那里呢。"

传说几岁的幼儿能通灵，会看到成年人无法看到的一些事物。4岁的流氓猴二月底就辍学随我回南宁，陪伴着奶奶，给了奶奶最后的温暖慰藉。他也很乖，看着大人们都沉郁憔悴，不哭不闹，总是独自趴在地上玩小火车。后来我精力扛不住了，把他送回了外公外婆家，有天我去看他，回来前他忽然闹着要跟我走，要去看奶奶，我不允，说爸爸太累了，没力气照顾你。流氓猴忽然哇的一声哭出来，我亦心酸，父子俩在夕阳下抱着头哭。而那夜他凌晨两三点时，忽然哭醒，和外公说要去看奶奶，而恰恰就是那夜天将明时，奶奶去世了。

我始终相信，那一夜，母亲的魂魄在离开人间之前，终究舍不得这个最小的孙儿，于是在梦境里去探望了他。而她现在知道我们要去湘桂交界的崀山，于是从广西赶了过来，让流氓猴在山梁上再望见她一次。

夜宿崀山时，我看到一个视频，是国外的一个小孩出生不久，母亲就去世了，临终前摸着他的小脸说，以后会变成蝴蝶来看他的，一年后果真有一只蝴蝶飞到襁褓上。

翌日我们游辣椒峰时，竟然也有一只蝴蝶飞到流氓猴肩上，流氓猴咯咯笑着扑腾，它始终不忍离去，兔哥说："你别赶，这只蝴蝶可能是奶奶变的，来看你的。"

在无神论者眼里，这些全是怪力乱神。但在我们眼里，哪怕是虚幻的错觉，那也是美好的。有转世，有来生，有轮回，那我们便可能在这尘世重逢，即使失散不见，那也能一同望见世间的日出日落，何其温暖，何其美好。

07

岁末的长沙下了一场暴雪，朋友圈里全是雪景。娃儿们开心地去堆雪人，我踏着厚厚的积雪去和朋友喝酒，看起来生活照例美好。

但我知道一切正在起变化。我常带流氓兔去吃午餐的美食街，馆子垮了一大片，幸存店面不到三分之一，流氓兔最爱的螺蛳粉店关门了，更悲剧的是，我们如今吃的两家店，门口也贴着"店面转让"，一副随时寿终正寝的样子。

两个月前，在广州，一位公交司机紧急停车，救下了一个抱着孩子跳珠江的女子。没人知道她遭遇了什么,只能猜到她很艰难,她不想活了。

南京有一位老汉,在长江大桥上当劝生志愿者,19年来救了四百多人。其中一个女孩,想跳江的原因居然是饿,没钱了,就这么简单。老汉给她买了面包,她狼吞虎咽地吃。

不久前看到了一个词,特别感慨。那个词叫——自度。

你的悲伤要自己度过去;你的艰辛要自己度过去;人间的所有苦厄、凄怆和孤寂都要靠你自己度过去。

悲伤的四月之后,我外出旅行时常会触景生情:这里的风光真好,以前怎么就没想到带母亲来走走呢。有次做了道成都著名的老妈蹄花,味道极鲜美,我却黯然:为什么从前不试着去做这道菜给母亲尝尝呢?但这些隐秘的心绪,只能似乌云般偶尔飘过,我甚至不会和妻儿说这些感慨,即便是他们,亦很难完全理解我。

人类的悲欢,本质上是限量版,是不太相通的。你独自走过雪夜的长街,冷了,饿了,想起前尘时鼻子酸了,这都是无人知晓的。你的无妄之灾,在他人眼里都是一粒浮尘,能停下脚步多望你一眼的,那都算知交了。这并非世间冷漠,众生皆苦,每个人都在耗尽心力支撑着生活,都有各自的凄清和绝望。

所以每个人都需要学会自度。尤其我们这些最苦 × 的中年人。

如果力所能及，我们也不妨互相帮助一下，算是心灵上的自我救赎。就像前面那个公交车司机。

四月初，我去派出所办母亲的户口注销手续，有个老太太在向女干警哭诉，说她是中学高级教师，老伴去世了，女儿把她的身份证存折退休金都拿走，每月只给她三两百生活费，她已经几天没钱吃饭了。我看着不忍，给了她一些钱，让她赶紧先去吃饭。

早年母亲曾与我说，她上街买菜时，每次碰到头发花白的农村老太太摆摊，她总会尽量多买一些甚至全买，因为会想起挑着菜担去集市卖菜的外婆。而我看到派出所里的老太太，也想起了同为中学老师的母亲。

原来，对人间冷暖的触觉，也是可以遗传的。

08

2021年最后一天的阳光，盈盈可握，像慈悲的佛光。几天前的积雪已经消弭于无形，像是从未来过这世间。

这是我不忍回头的一年。

我甚至很不愿写这篇文章。曾经想过，过几年，等情绪平复一些，再写一篇纪念母亲的长文，写她此生经历过的从抗战到疫情的所有年代，写小人物在烽火、饥荒、运动中的艰辛生存。但又特别矛盾，我没能给她写悼词，一直是个心结，难道这一年过去了，都不能为自己的母亲写一个字？

我不忍就这么把母亲遗弃在2021年，终究应该留点文字陪她。

谢谢她今生对我的爱。

谢谢亲人们。这些年来，他们倾力帮助我们，让母亲得到了最好的医疗技术和药物救治，给了母亲最温暖的临终陪护与关怀。

谢谢朋友们对我的关心，谢谢你们的情义。

谢谢俩娃儿。他们今年陪着我几度奔波千里，吃了许多苦，经历了许多悲凉。流氓猴在奶奶床边从来不闹，和我去公园时才趴着石凳大哭说好想妈妈。夏天时，我在南宁的深夜里干活，独自睡觉的他从床上摔下，满嘴是血。流氓兔履行了长孙的许多职责，每次烧香磕头都很虔诚，为了给奶奶培土，他的小腿磨出了血淋淋的一大片。这是他们自出生后经历的第一场丧乱，亦是他们关于世间聚散离合的第一课，愿他们多年后能记得2021，记得尘世里的血亲。

2021年，对每个人都是艰难的。

这一年，影星陈冲的母亲病重，她却因疫情无法赶回，只能在大洋彼岸写下悼文。

这一年，我的老友中，有的在21人遇难的甘肃白银越野赛中侥幸生还，有的在疫情下遭遇生意滑铁卢负债累累，有的不明不白地死去。

这一年，我提着快餐和炖汤走在医院里，迎面有个中年男人喊了我一声，他是26年前和我同年毕业进厂的同事，二十多年不见，我从乌发少年变成了霜雪老汉，他竟还能认出戴着口罩的我，简直是人间奇迹。他母亲也在住院部，我向他推荐了最新的一种国外引进的治疗方法，他向我推荐了他母亲服用的一款保健药。我们互相祝福对方的母亲安康，苍凉一笑告别。

谁都有自己的故事。在每一个隐秘的树洞边，都有失声痛哭的人，只是，他们说不出来，写不出来。

那么就不说吧。无声地凝望着2021年的最后这缕斜阳便好。

2022会如何，我不太关心。我们经历的、包括祖辈父辈经历的每个年份，都是上苍早已捏好的模样。我们的富贵与贫穷、欢喜与恸哭、安宁与离乱，早已草蛇灰线，伏脉千里，就像一场暴雨之前，浮萍命定的劫数。

未来一定会更好。只是，我们能不能看见是另一回事。

那么，让我们在2022年的人世里重逢，在下一个荒凉的街角互道一声：今晚的月色真好。

从此游向山河尽头

某年某月的某一夜,月黑,风高。

湘南,荒郊野岭的一间农舍里,衣衫褴褛、风尘仆仆的瘦削青年端起杯,将烈酒尽数喝尽。一个男人阴鸷地笑着,给他斟上了第二杯。

操着一口鄂音的青年毫不迟疑,仰头喝下。

随即昏死过去。

倒下之前,刚出六扇门的他骤然惊觉,这杯酒是来索魂的。

醒来时已是次日午后。那男人问他:"你当过警察?"他说:"是。"男人沉默半晌,道:"敬你是条汉子,要不然，嘿嘿。"

青年目光如炬，瞥见自己的行李和衣物都已挪动位置，知是遇上了蟊贼。

盗亦有道。他差点碎尸万段，却因为行囊里的一份文书，感化了良心未泯的蟊贼，救了自己一命。

湖北青年继续跨上台湾产的野狼125摩托，在血色残阳里一路向北。

从此背过身去，在暗夜里想着旧事，抿一壶残酒，拭一把老泪。

01

每当暮春，樱花就会落满苍山。

苍山脚下有一片住宅，号称中国最旖旎的小区，唤作山水间。

七年前，我和野夫每夜磨完剧本，便在阳台上喝酒。樱花在春寒中无声开落，我们饮尽手中烈酒，有一搭没一搭地聊今生苍茫。

当他聊到这段往事时，我的瞳孔缩了一下。

他那年的流亡之旅，我再熟悉不过。

他曾从海口秀英码头横渡琼州海峡抵达徐闻海安码头，

我亦行过这段。十年前，我抱着襁褓里的流氓兔，伫立在甲板上，北部湾的海风拂过，斜阳无力下坠，蓦然想起陈寅恪那句：一生负气成今日，四海无人对夕阳。

他途经的遂溪、廉江，是我家兔妈的湛江故土。

在梧州往贺州的山路上，他疲倦已极，把摩托车支在午夜的马路中间，兀自躺在余温尚存的柏油路上睡去，差点被大货车碾死。而我的故乡，曾经属于梧州，如今属于贺州。

而他险些殒命的郴州，以及在深夜乡间弯道上跌得头破血流的汨罗，则是在我现今隐居的湖南。

我熟稔岭南地理，告诉野夫，他曾走过的那条路，叫潇贺古道，建始于秦朝，当然咯，也没那么豪壮和幽古，作为古往今来的咽喉要道，那里从来不乏剪径匪徒，一路不知埋了多少尸骨。

可以确定的是，那一年流亡的野夫，一定曾经路过我故乡的村庄，我那大病初愈的祖父，或许正坐在村头的槐树下看别人赌钱，不曾留意过一个骑着摩托呼啸而过的湖北青年。而二十里外的县城里正上高中、挑灯夜读的我，不知今生有缘的某个朋友，正瞪着兔子般血红的眼睛，从我附近掠过，一路向北。

02

与野夫熟识后，我们一起出席过一些讲座活动。

有时我客串主持，便说："那一年，我北漂时，偶然在深夜看到一篇《地主之殇》，忽然冷汗就下来了。我自忖还是读过许多书的，现当代名家几乎没有我不知道的，但当我看到这篇文章时，惊叹于笔力苍凉遒劲，而我竟从未听闻过这个作者，以为这是寻常网民，我顿时陷入了深深的挫败感。"

这是我的心里话。我内心是孤傲而挑剔的，能让我赞叹的人并不多，更何况野夫这个谦卑的笔名像是网民随手拈来的 ID，我的颓丧在于自己作为职业码字佬，功力远不如一个深藏于江湖的网民。那时，我并不晓得野夫早就是诗人，还是易中天的高足。

待到野夫上台演讲，他也会拿我打趣，说道："当年我写了几篇长文，往网上一扔就不管了，有一天我姐姐忽然跟我说，刘原居然都在网上推荐你的文章咧。我问刘原是谁，我姐说你竟然没听说过吗，这人文字挺好玩的，后来我上网去搜，才知道他。"

我和野夫惺惺相惜，可以在公开场合坦荡地表达彼此的欣赏。这并非社交意义上的逢迎与阿谀，而是源于骨子里的意气相投。我们都是凭一枝秃笔闯荡江湖的人，知道什么样的人，才值得珍惜。

当我在北京的雪夜里看《地主之殇》《江上的母亲》时，野夫尚未名满天下，但我从那些裹血的字句里，认定了这个作者是一个身世苍茫、心肠侠义的江湖浪子，更是一名壮烈之士。

和野夫的第一次时空伴随，是十四年前，我因某事成为新闻主角，成都好友宋石男打来慰电，他的饭局上正好有野夫，野夫和我聊了几句。那年我看尽人间冷暖，无数势利笑脸顿变深井冰，自知这样的问候，是人世间最后的温暖烛火。

我脱桂入湘之后，十年前，野夫来长沙，我的好友何不为设宴，问他想见哪些朋友，野夫说见一下刘原吧。我们的肉身终于首次在尘世里彼此遇见。

野夫曾说过一句话：气味相投的人，终究会在这人世间循着气息，最终相逢。

03

野夫一生传奇。他的文章里多有记述，柴静姑娘的那篇《日暮乡关何处是》里亦有概括，我不必赘言。

有人曾有疑问：一个人哪会有那么多的传奇故事、遇见过那么多传奇的人？这只怕是小说家的臆想和夸张吧？

但我知道，野夫笔下全是真事。一个家世苍茫，经历过激荡年代的人，这样的啼血故事不是山海经，它只是时光之河的一段倒影、一截镜像。

我甚至知道，野夫的许多刻骨悲凉，根本没见诸他的笔下。他所书写的，仅仅是他经历的一小部分。

就像本文开头的那段故事，你可曾在野夫的笔下见过？那样的九死一生，只在苍山夜雨里，重现在我和他的酒杯中。

你以为他一分说成十分，其实他是十分只说一分。

即便是经历比野夫平凡得多的我，把过往无数记忆都写进文字的我，其实也把许多往事压到了箱底。我此生最惨痛、最黑暗的那些记忆，从来没写进我的专栏、我的公号里。

人生的许多伤口，是留在深夜里独自舔疗的，不是拿来示众的。每一个写字的人，都有泾渭分明的尺度，哪些能说能写，哪些只能摁进脑海深处，各自心知肚明。

而我，对野夫始终深信不疑。

04

野夫好酒。

但酒量也不算太好。

在大理的暮春深夜对酌时，他聊完那些疼痛毕生的旧事，譬如投入长江尸骨无存的母亲，譬如那些身世飘零的义人，往往目光空茫地望向漆黑得不可测的星夜，说，倦了，睡吧。

把酒杯一掷，纳头便睡。

在酒桌上的野夫是豪迈的，朋友举杯他从不推诿，兀自把自己干趴了再说，在旁边睡半个小时，然后寻杯续战。

我的酒风没那么浩荡，端起杯子总说我的酒量很差还请原谅则个，来一半可好？在一线城市待过多年，我已习惯了不劝酒，每个人体质不同，按自己节奏喝得开心即可。

但我亦能体悟野夫的来者不拒。在一起喝酒的，全是他的挚友，有些远道而来，有些即将远行，今生今世，天知道这是不是最后一场酒？

那年在大理，我参与的其中一场酒是接待 Z 先生，他是一位极有风骨且极传奇的文人，在 20 世纪 80 年代名扬天下，但那时我还在上小学和初中，竟没听说过。而我去年再次在网上见到他的名字，已是他去世的消息。

野夫仰头痛饮的每一杯烈酒，都深藏着患难与共，烈火涅槃。

那年在大理磨完剧本大纲，野夫安排我到洱海边民宿歇息几天。店主是一对谦逊热情的北京夫妇，显是见过世面之人，宠辱不惊。是夜他们邀我烧烤，席间有另一个北京大爷，满脸跋扈，知我写段子出名，乜斜着眼醉醺醺道："来，给咱说个段子。"那架势，便似清朝王爷在梨园里说："来，给爷唱个小曲。"我冷冷喝着酒，心说凭你那样也配听我说段子？除非你先在地上学乌龟爬一段。

我和朋友们喝嗨了，是可以段子井喷的，但没人能逼我说段子。老子卖身不卖艺。后来野夫听说此事，说他倘若在场，肯定会教训那家伙。

江湖中人只相信江湖的规矩。

我们的每一杯酒，每一个段子，都只献给我们热爱的同道中人。

我们醉，也只为值得的人醉。

05

去年夏天，我遇上了一些苍茫世事，心情郁结，也忙，于是有许多天没更新朋友圈。倘若哪个朋友许久没发朋友圈，我是不会在意的，心想他可能最近没时间吧。

但野夫居然从泰国来电，问我是不是碰上了什么事什么坎，我说没有，就是没时间而已。他其实心细如发。

柴静姑娘曾经在文章里说，有一年，她和几个妹子在大理古城里新奇地挑选手工艺品，野夫就在两米外抽烟，她们挑毕，野夫也买单完毕。

7年前，我和野夫在大理菜市里买菜，偶尔看到新鲜的无花果，我从未见过这种生果，说："呀，真是新奇，要是给我家流氓兔带点回去，他一定很开心。"本是随口一说，野夫却记住了。后来我临回长沙时，他把车钥匙递给我，说："去菜市看看有没有无花果，带点回去给娃。"

甚至，他赠我的书，写的都不是赠刘原，而是赠"流氓兔小友"。

那年我辞职告别新闻行业，野夫来电，第一句话就是："兄弟，你接下来生计有没有问题？"前不久，他又问了这一句。

我的生计其实没有问题，但我知能问出这话的人，都是今世的刎颈之交。除了野夫，还有南京的老克也这么问过。只有最珍惜我的朋友，才会关心我的生存状况，才会惦记着我家的俩娃，能不能吃上肉。我们一定在前世的船上，曾经一起度过骇浪，一起望过头顶灿烂而凄凉的星河。

但野夫精细中亦有粗粝。他在菜市买菜从不挑拣，拿起就走。有次远朋要来，他把房间钥匙往门外窗台一扔，唤朋友到了便自己开门，我属于警醒之辈，叮嘱他这可能被毛贼窃去，他说无所谓，反正屋里也没啥值钱的，只有那一缸一缸的酒，小偷来了也得唤货拉拉来才能运走。

钱财于他，终究是身外之物。

06

野夫的性格，如果非要类比，我以为最近似的，是另一位老友龚晓跃。

他们都是巨蟹座，古道热肠。当我7年前离开媒体时，野夫担心我饿死，而十多年前，当我遭遇横变时，龚晓跃不仅在网上力挺我，还邀我赴湘游玩，后来才知道，他其实在替我另谋生计。

野夫是仗义疏财的，他暗自出过的钱，都从不示人，包括那些义薄云天之举，他历来不吭声。

龚晓跃也差不多，据说只要朋友有难，他一定鼎力支援，手头一堆坏账。

而其实，他们并非大富大贵之人，只是更在乎江湖道义，更相信在这世间，比钱财珍贵的东西有许多。

人生有这样的至交，是幸运之事。

那些年里的大理，是风云际会之地，我还跟野夫一起见过米家山，见过许多知名或不知名的江湖中人。有天他唤我上车，说去接一位盲人朋友吃饭，到了那院落，方知这朋友是周云蓬，我和野夫左右扶着他穿过暮春的石阶，去赴一顿热气腾腾的火锅之筵。

在苍山与洱海之间，没有宫廷权斗，没有世俗算计，只有斜阳下的故人重逢，以及遨游于水面的鸥鸟凄清的鸣叫。

07

有人曾评价野夫是一流的朋友、二流的情人、三流的丈夫。

女人打量男人，往往会特别在意他对待女性的态度。男人打量朋友，则更看重江湖侠义和价值观。我对野夫的情史并不了解，但我知道，他对父母、对孩子，是有巨大创痛和负疚的。他一生流离，差点扛着一口大锅去北漂，又开着一辆破富康隐居大理，十年后返回故乡利川，如今孤悬海外，这样的流浪轨迹，固然尽不了孝，也无法尽一个父亲的责任和义务。

也许，天下的每一个浪子，与家都是没有缘分的。他们风餐露宿，千山独行，生来就是一头孤狼，就像暗夜里居无定所的磷火，不知所踪的萤火虫。他们只有远行的身影，没有归家的回程。

我出道时的代表作是《丧家犬也有乡愁》，如今想来，各自奔逃在羊肠小道上的众生，谁又不是丧家犬呢。收拾细软,挈妇将雏,祖先逃荒之路,也许今生我们亦要重走。

但野夫是赤条条来去的。

那夜,苍山罩在深重的雾里,洱海上空的星子和明月都已隐去,我们喝得烂醉,野夫忽然说,血亲们或相继凋零,或远在海外,倘若哪天死了,不必告诉亲人,让故旧们抬上苍山,随地埋了便是。一千八百年前的刘伶也这么说过,"死便埋我"。

我有一句话,涌到嗓子眼,却没说出来,因为觉得不吉利。

那句话是:

倘有那天,我无论身处何方,都会赶来大理,为你抬棺。

08

野夫笔下,尽是疮痍旧事。

他曾在长江的回水处,乘着一叶扁舟翻查每一具浮尸,寻找投江的母亲,生怕错过今世的最后一面。

当他两手空空归家,父亲已逝,母亲投水,他只记得在外婆弥留时自己许下的诺,要将她送回江汉平原的故乡。此前外婆坟头一再爆裂,似在提醒他不可食言。他一边挖掘一边祈愿外婆的肉身已变成骨头,如此才能将她的骨殖运送千里。最终，如他所愿。他亲手将外婆一截截清白的骨头拾起，装入他钉造的小木箱，送回了外婆梦萦魂牵的原乡。

我体悟过这种惨痛。十年前外婆去世，我在暴雨中驾车千里回去奔丧，距离外婆家只有几十里时，我忽然崩溃，实在接受不了上次相见时还笑盈盈目送我们离开的外婆，如今安静躺在棺木里的那一幕，我连油门都踩不动了，停下车在稻田边大哭。

安殓之前，照例会揭棺看最后一面，旧俗曰，不可在逝者遗体前落泪。但我的泪水依旧簌簌地落了下来，今生的至亲，今生的最后一次相见，不流泪那是禽兽不如了。

野夫说他最初的知识和教养都来自外婆，和父母的感情反而轻薄。我也类似，童年时给我讲过故事和神话的，只有外婆。外婆带我的时间并不长，我亦只是她十多个孙辈之一，但她始终怜惜着小时候肥胖丑陋的我，我知她对我的爱是最无私的。我降生后，外婆曾捎来一个背带，是农村土布做的，大红大绿，以现今审美看自然土到了尘埃里，后来流氓兔出生，母亲从广西把那背带拿来，我洗净了，一直珍藏，人间最温暖的物事，莫过于此。

这可能便是民间俗称的，隔代亲。我特别理解野夫对他外婆的感情。

看野夫的文字，总会映照起我自己的今生今世，浮起无数惨淡旧事。

野夫的外婆是大家闺秀，其父毕业于早稻田大学，丈夫则做过蒋介石的侍卫官，1948年以司令之身赴鄂西赴任，被不明身份的人伏击身亡。我外婆则是洪秀全永安封王之地的山地女子，没读过书，只在农村扫盲班里粗学过一些文字。但我们爱自己的外婆，与一切荣辱浮沉无关，只因今世被她们慈悲的手摩挲过，爱怜过，疼惜过。

我和野夫相见的次数不多，不超过十次。

但单看彼此的文字，就通了尘世里的所有悲欢。

就像南京的老克，我与他相见也没超过二十次，但不妨碍我们成为无话不谈的死党。

以及，给我配过插图的天才画家韦尔乔，我们在灵魂上如此投契，但此生竟缘悭一面，我与他距离最近的一次，是那年去漠河，我途经哈尔滨时，赶去皇山墓园，在他坟前洒了几杯酒，掬了一把老泪。

男人间的情谊，并不需要卿卿我我，就像野夫与我，平素在微信上都甚少互动，但我知道，如果有一天，我被封控了，娃儿们被饿得嗷嗷叫了，他定会想尽一切办法，给我寄一坨硕大的猪肘子过来。

所谓兄弟，就是平时不说半句甜言蜜语，但当你陷入危难时，率先送来粮草、救你于水火之中的，一定是他。

我把这样的人，一般称为：义人。

09

大概七八年前，我准备再出新书，托野夫写序。他写了一篇，对我多有过誉，实在汗颜，我甚至觉得他夸的是另一个人。

但他实在是目光如炬，当年我们也就只见过一面，他便写道："生活中的刘原，看似还文雅羞涩，甚至还有点装着惧内——某日我问他，何以经常在微博上提到幼齿，他嘿嘿曰：不提就有搓板之虞。彼此大笑。"自称怕老婆、时常拿老婆开涮是我惯用的招数，没想到被他看穿了。

我俩合作了个剧本，还没拍出来。那是一部很商业的贺岁片，我们苦心孤诣地设计了一条罕见的羊肠小道，有无数笑点和泪点，倾注了我们两人的苍凉情怀。我知道它会是一部让无数人捧腹之后泪流满面的电影。

我初入编剧行业时，野夫是我的导师。他教我讲述一个庞大故事时要有四梁八柱，先把地基筑牢了，再去飞檐雕凤。我先前以为故事为先，人物为次，他却告诉我写好人物小传才是第一步，先把剧本中的主角配角的性格、特征、身世甚至口头禅设计好了，接下来的故事才能严丝合缝又天马行空地去创造，去推演。

甚至，我们在推敲女一号性格的时候，因为各自都熟悉处女座女性的特性，一拍即合地给女一设定了她的星座。然后贼兮兮地，大笑碰杯。

这样的创造是快活的。野夫与我底色相近，我是嬉皮之下藏着苍凉，他则是沧桑之下偶尔泼皮戏谑。野夫毒舌起来也是让人喷饭的，他曾当面调侃某位钻石王老五好友，"就像一条精神抖擞的公狗，只要走出去，全古城的母狗都会齐刷刷跟着他走过青石板长街"。我后来仔细观察过那哥们儿，有次美女在酒吧里眼波流转地与他聊天，他拘谨而礼貌地应答，就差低头搓衣角了。我疑心野夫对公狗是不是有什么天大的误解。

最近轮到野夫自己被朋友涮了一道。前几天他的几个好朋友去清迈旅游，野夫驾车去接，其中一位朋友开玩笑，发了个朋友圈：在泰国清迈机场偶遇作家野夫，他如今是货拉拉司机，在机场揽客。没想到搞得江湖上沸沸扬扬，大家都说野夫在泰国当货车司机，连易中天看到都信了，找野夫要银行账号准备转钱周济他一下。野夫自己是开得起玩笑的，哪怕真当了货车司机亦不会觉得丢人，反正挣的是干净钱，但一众师友把这玩笑当真，还有许多读者要给他汇钱，他心里虽无奈，却也温暖。

反正我也跟着瞎起哄,在野夫朋友圈里留言:你开着一辆大皮卡,去机场拉一帮吃货,这确实是如假包换的货拉拉。

10

老师易中天曾评价学生野夫:巴山楚地多蛮野,恨海情天出丈夫。

野夫出身的鄂西恩施,与沈从文走出来的湘西凤凰,都属于武陵山区。两人亦有相似之处,野夫年少时勇武,老来双手一袖,只动笔不动手,而沈从文后半辈是谦谦文人,年轻时也曾入伍,我曾研究过,他那番号怎么都不像正规军,结合他笔下的记述,应该属于落草。

野夫和我说,心中没有恨的人,一定也没有爱,那是圆滑中庸、没有原则的人。他的笔下,对芸芸苍生都有悲悯和体恤,对陷害他的人,下笔如刀,绝不饶恕。

我的老同事易小荷曾调侃野夫经商"一塌糊涂",开个早点店砸了,开个服装店砸了,买条挖沙船都被台风吹进了河底。

其实我知道野夫是聪明绝顶之人,做出版时推出了不少高品质的书籍,写书写剧本也名作迭出,他做成功的事不少,只是自己不吭声。终究是做过出版公司老总的人,他对企业管理、商业规则之类熟稔得很，一个武大毕业的湖北人，还能傻到哪里去？但他毕竟是性格更近似于巴蜀之风的鄂西土家族人，袍哥气质盖过了九头鸟气质。所以不愿挣奴颜媚骨的钱、坑蒙拐骗的钱。

十多年前，他忽然厌倦了北漂生涯，更不愿低声下气去追各种应收账款，觉得太憋屈，于是把书商们的几百万欠条一把撕了，不要了，驾着破富康扬长而去，看苍山雪洱海月去。

11

多年以后，野夫在微店里卖茶卖酒卖铁锅，却从不觉卑贱。

有一回，他跟我说：我们这些吃尽人生苦头的人，其实谋生能力最强，哪天我一个字都不能写了，去巷角开个面馆、在街边给人卜卦，又或替人写春联，糊口都不成问题，但凡靠干净的钱活着，都不丢脸。

虽然早已蜚声四海，但他依然下得厨房，进得书房。那年在大理，野夫、诗人梁乐和我，三个加起来150岁的老男人，聊完几个剧本便一起下厨，野夫的豆角烧茄子做得尤其好，梁乐也是锅铲翻飞，我们仨各做几道菜，便是琳琅满目的一桌。后来野夫和梁乐还在大理大学对面开了一家"良家面馆",我捶胸道我应该到你们隔壁开一家"风尘粉店",可相得益彰,在灵魂拷问的同时,满足不一样的人生趣向。

野夫是极体恤我的,但凡见我的推广文案,他总是转发。而我也时常转发他卖橙卖酒的广告。我们彼此心照,他总惦着我家俩娃儿会不会挨饿,我亦总希望不懂泰语的他在清迈能活得更好一些。野夫的文字和情怀在当世中国是出类拔萃的,每当想起他去卖茶卖酒卖锅,我心里都有怅惘。世间本应有他更多的文字。

最近在朋友圈偶知野夫参与王小帅的电影,该片拿了亚洲电影节的最佳导演奖,我致电向他祝贺,没想到他说:"如今写剧本拍电影都是玩票副业,主业是在清迈帮朋友卖房。"我上网搜索了一下清迈,它是泰国第二大城市,历史上曾是国都,有大量历史文化遗迹,风景旖旎,人称"泰北玫瑰"。

长沙的冬季依然炎热,且有满天星光。清迈想必也是。

上一次与野夫在樱花开落之间喝酒时,我没想到,下一次推心置腹的闲聊,竟然只能在网上,在不同的时区里,跨国午夜对谈。

12

每一个人,哪怕是卑贱到尘埃里的蝼蚁,都是一本大书。

野夫也是。

他祖上的每代人,都经历着锥心刻骨的凄厉风云。直到他自己,依然以毕生的浮沉荣辱,在世间的泥尘里一步一步地凿着自己流放的脚印。

人前谦逊地笑着,举杯周旋,让大家都开心,人后在盛筵终曲里,独自推门出去,望见漫天的星光,满地的磷火,忽然想起今世的父母双亡,妻离子散,一生的血泪便从泪腺里迸了出来。

每个时代里都有一个判官,给风尘仆仆的每个人发着生死符。

而在流亡路途里望见荒野灯火,在漆黑海面望见微弱灯塔,便已是命运的垂怜和馈赠了。

据说一只老鹰的死亡历程是这样的:当元神已经涣散,当瞳孔已经空茫,它会拒绝一切悲戚的世俗葬礼,独自朝阳光飞去,朝氧气稀薄的最高处飞去,用最后的翅膀,扇动着最后的疼痛和不舍。

然后,从此游到山河尽头,一头坠下,拍在无垠的海浪里,或是峻峭的海礁上。无人知道,它来过这人间。